異分子の彼女

腕貫探偵オンライン

西澤保彦

実業之日本社

目次

異分子の彼女 5
焼けたトタン屋根の上 59
そこは彼女が潜む部屋 125
あとがき 245

装丁　川谷康久
装画　hiko

異分子の彼女　腕貫探偵オンライン

異分子の彼女

逮捕されたのは被害者の夫であるコウノトウ、マサシ……ん。え？　コウノトウって、まさか？

ニュースを淡々と読み上げる男性アナウンサーの声に、思わず横眼でテレビ画面を確認してしまう。すると、はたしてテロップには『甲野藤政嗣容疑者（61）』と表示されているではないか。びっくりした。もしもこれが演出過剰な映画やテレビドラマならば、慌てて急ブレーキを掛けたり、ハンドルを切りそこねて後続車や対向車にクラクションを鳴らされたりする緊迫の場面かもしれない。が、さいわい現実世界ではそこまでのオーバーリアクションは誰にも求められていない。胸中に驚愕《きょうがく》を抱えつつも、おれは寸毫《すんごう》も動揺を露《あらわ》にすることなく、安全運転を続行する。

「あら。あらあらまあ、なんてことでしょこれは。物騒な。剣呑《けんのん》な」

後部座席から、おばちゃんが身を乗り出してくる気配。さきほど、櫃洗《ひつあらい》空港の到着口で乗せたばかりの客だ。

感染防止用マスクで顔の半分が隠れているものの、ちびた刷毛《はけ》の如《ごと》き白髪のおかっぱ頭や年代物とおぼしきロイド眼鏡《めがね》からしておれよりもずっと歳上《としうえ》かもしれず、おばちゃんというより、おばあちゃんと呼んでも差《さ》し支《つか》えないかもしれないが。

「ほんとにもう、ねえ。なにがあったのかは知らないけれどもねえ、よりにもよって長年連れ添った糟糠《そうこう》の妻を手にかけるだなんて、ほんとにねえ。罰当たりな」

長年連れ添った糟糠の妻……その言葉が喉の奥に留《とど》まった魚の小骨のように心に引っかかる。これが結婚してもう長い夫婦だとか、奥さんは献身的なタイプだったとか、そんなこと赤の他人のはずのアンタにどうして判《わか》るんだ、とツッコミを入れたかったからではない。くだんの夫に殺されたという妻の名前が『甲野藤奈苗《ななえ》』だったからだ。

奈苗……って、まさか、ナナちゃん？　旧姓辻元《つじもと》奈苗？

あれは、ええと、一九八八年だったから、昭和六三年。なんと、いまから三十四年近くも前か。その年の八月、リュウショウこと龍崎《りゅうざき》祥平《しょうへい》と式を挙げたばかりだった辻元奈苗？　彼女が、コウマこと甲野藤政嗣の妻になっていたのか？

「それはそうと、運転手さん。運転手さんってば、ねえ」

運転席を仕切る飛沫《ひまつ》防止用の透明カーテンを、いまにも無遠慮に捲《めく》ってくるんじゃないかと危ぶむくらい馴《な》れなれしいその声は、舞台俳優並みにハスキーだ。「決してあなたを信用していないわけじゃないんですけどさ。運転中はね、やっぱりテレビは消しておいたほうがよろしいんじゃなくって？」

「あ。はい。判りました」

素直に、画面をテレビからナビのそれに切り換えるおれ。

「あらま、あなた。お名前、寅谷《とらたに》さんていうの？」

グローブボックスの上の顔写真付き乗務員証を見ているらしい。マスクの無いほうがイイ男ね、との定番のお世辞に、がはははッと豪快な笑い声が続く。「まあまあ。なんとも縁起がいいこと」

縁起がいい？　って、なんでだ。今年が寅年だから？　「いや、すみません。わたし、子年《ねずみ》なもので……」

反射的にそう応じた拍子に、胸に苦いものが拡《ひろ》がった。そういえばあいつも……リュウショウのやつもあのとき、言っていたっけ。「縁起がいい」と。「今年って、ぼくにとっては結婚するのに最適のタイミングなのかもね」と。リュウショウはおれと同じ一九六〇年生まれの子年だが、一九八八年の干支《えと》は辰《たつ》年なので苗字《みょうじ》の「龍崎」に通じる、というわけだ。が。

縁起がいい、なんて、とんでもない。それどころか、ナナちゃんとチャペルで永遠の愛を誓い合ったその直後に、やつは命を奪われてしまったのだ。リュウショウ本人はもとより、関係者の誰にとっても悪夢のような、最悪の悲劇だった。

「ねえねえ、運転手さん。こちらの感染状況って、いま、どんな感じ？」

「櫃洗ですか。先週の金曜日だったっけ、新規感染者が昨年の八月以来の百人超えで」

「あ。三桁なのね」

「昨日も、えと、百五十人くらいか」

今日は二〇二二年、一月二十六日、水曜日である。この前日、新型コロナウイルスの全国の新規感染者が、初の六万人超えを記録したばかりだ。

「昨日は東京も一万二千八百人近くで、過去最多だったもんね。今日あたり、全国で七万人超えもあるのかしら」

「かもしれませんね」

「こんな調子で、もうすぐ北京《ペキン》オリンピックって、なんだか変な感じよね」

オリンピック……そうだ。一九八八年にもオリンピックがあった。あの頃は冬季と夏季同年開催で、ハルコこと安浪隼人《やすなみはやと》が、おれのガーメントバッグに付けたマスコット・キャラクター、ホドリのアップリケを見て「あ。それは、来月のソウル・オリンピックのやつ。なるほど、トラが持つ虎のバッグってわけね」と笑っていたっけ。

「コロナで一年遅れになった東京オリンピックを昨年、やったばかりなのにねえ」

「そうですねえ」

おばちゃんに相槌《あいづち》を打ちながら、おれは上の空だ。考えるのは、たったいま知ったばかりのニュースのこと。

コウマこと甲野藤政嗣が妻殺害容疑で逮捕されたという事実もさることながら、その被害者が他ならぬナナちゃんだというのがある意味、それ以上のショックだ。より厳密に言うと、彼女がコウマの妻になっていたという衝撃が、かつての憧れの女性の死の重みをも凌駕《りょうが》さえしている。

しかし、コウマがナナちゃんと結婚していたと知って、なぜおれはこれほどまでに、もやもやするのだろう？　よりによって挙式直後に新郎を失うという人生最悪の試練を乗り越え、別の男と再婚する。そのこと自体は、なにしろあれから三十四年近く経《た》っているんだし、なんら不自然ではない。

その再婚相手がリュウショウの大親友のひとりだったコウマだとしても、驚天動地と称すべきほどのサプライズとは言えまい。たとえ、そう、たとえ一九八八年当時、コウマがとある子連れの歳上女性と内縁関係にあったとしても、だ。なにしろ三十四近くの歳月が経過しているのだから。なんでもあり、という言い方は不適切かもしれないが、多少の出来事は驚くに値しない。

それは還暦を超えたコウマがナナちゃんを手にかけた、という事実も含めて、だ。かつておれたちみんなの憧れのマドンナだった彼女だってしょせんは、ひとりの人間に過ぎないわけで、具体的な原因はともかく、世間一般的に男女がかかえる感情的いきちがいやトラブルを甲野藤夫妻もまた理性的には解決できなかった。ありきたりは言い過ぎだとしても単にそれだけの話で、ドラマティックな意外性とは無縁のはず。

にもかかわらず、なにか……なにかが引っかかる。しかし、なにが？　なにがそれほど、おれは引っかかっているというか、釈然としないのだろう？　そのもやもやの正体は、ばかばかしいほど自明の理であるような気もするいっぽうで、生まれて初めて接する異国語で突然スピーチを求められでもしたかのように、明確な単語がなにひとつ浮かんでこない。

「ねえねえ、トラさん、トラさん」

もどかしさを抑えつつ赤信号で停止したおれのシートを、背後から無造作に叩《たた》いてくるおばちゃん。「あれ、なに？」

「え」

若い頃からよく「トラ」「トラ」とは呼ばれているが、さん付けはめずらしい。ひょっとしたら初めてかも。オレは某国民的映画シリーズの主人公かよと苦笑しつつ「えと。どれのことですか？」と、おばちゃんが指さすほうを助手席の窓越しに見た。

歩道の向こう側に広々とした駐車場。その奥まったところに在るコンビニエンス・ストアの店舗の端っこに、ひとだかりが出来ている。「ああ。ヒッセンくんですよ」

駐車場の隅っこに設置されているのは、戯画的にデフォルメされた二足歩行のアライグマの人形。おおよそのサイズは高さ二メートル弱、横幅一メートルちょっとくらいか。全体の三分の一が頭部、つまり三頭身のマンガチックなデザインでいわゆる、ゆるキャラというやつだ。

「櫃洗の、ご当地マスコット・キャラクターです」

「うわー、かわいーい」

信号が青になった。発車して、左折し、路面電車が行き交う大通りに入る。

「ぱっと見、アライグマだけど、厳密にはアライグマによく似た架空の動物、という設定なんだそうです」

「一瞬しか見えなかったんだけど、両手にボードみたいなもの、持ってるよね？　それがディスプレイというか、テレビ画面みたいだったけど、あれは？」

「出張相談窓口です、市役所の」

「は？　市役所？　相談って、なんの」

「わりとなんでも。わたしは利用したことがないんで、よく知らないけど。遺産相続とかいろいろ法的な手続から、嫁姑《よめしゅうとめ》の確執みたいな個人的お悩みごとまで幅広く。はい。トラブル全般にどう対応すればいいか、アドバイスをしてくれるんだそうで」

「へええ。つまり、総合サポート・センターみたいな感じ？」

「でしょうかね。以前は公共施設とか商店街のアーケードのなかで、対面でやっていたんだけど。ほら。なにしろ、このご時世ですから。感染対策のために、ああしてリモートで相談窓口を開いている、ということのようですよ。はい」

「けっこうひとが集まっていたようだったから、需要があるのね。やっぱりいまは、コロナのワクチン・ブースター接種をなんとか早く打ってもらえる方法はないかとか、そういう相談かしら」

「そっち方面をどれだけカバーしてくれるかはともかく例えば犯罪とか、なにか非日常的な揉《も》めごとに巻き込まれたときは、警察よりも頼りになるかも」

「ん。どういうこと？」

「あくまでも噂《うわさ》なんだけど。以前、殺人かなにかの重大事件を調べていた警察のひとが、捜査が難航するのに思い余って、あそこの相談窓口で助言を求めた。そしたらなんと、すっきり解決してくれたんだそうで」

「ほえええ。ほんとにいいい？」

「だから噂ですってば、あくまでも。単なる噂。もしもほんとにそんな有能な相談員がいたら、まるで刑事ドラマはだしで」

「あははは。だよねえ」

実際、この段階ではおれ自身、そんな話は都市伝説の類いだろう、とばかり思っていたのだが。

「でも、そういう噂が発生するくらい市民のあいだでは浸透している、ってことなのね。あたしもこちらに滞在中、時間があったら、なにか相談しにいってみようかしら。あ。それとも櫃洗市在住者限定なのかな？」

「さあ。そこまではなんとも」

左手に目的地が見えてくる。〈ホテル・ヒッツ・パレス〉……三十四年近く前にナナちゃんとリュウショウはここのチャペルで式を挙げた。その後、大広間で披露宴を執り行い、新郎側の友人代表の挨拶はこのおれがする予定だった……のだが。

「どうもありがとね」

　アプローチで停車し、おれは運転席から降りた。トランクから、ロイド眼鏡のおばちゃんのキャリーバッグを取り出す。

「櫃洗はいま、飲食店への時短要請は出ていない？　そろそろ出そうだけど、まだ？　うーん。今晩の食事、どうしよっかな。ああ、いいからいいから。気にしないで。フロントで適当に教えてもらうわ。じゃあね」

　運転席へ戻ろうとしたところで、新規の客に声をかけられる。ホテルをチェックアウトしたばかりとおぼしき、中年男女のカップルだ。トランクにスーツケースとキャリーバッグを積み込むと一路、櫃洗空港へ。

　実はさきほどのロイド眼鏡のおばちゃんも、別の客を別のホテルから空港へ送っていった先で拾った客だったので、もうすでに市街地と郊外間をいち往復していたのだが、またもや空港へ逆戻り。かと思えば、そこでまた市街地へ向かう別の客に呼び止められたりをくり返し、この日は結果的に都合四回も空港へ業務車輛《しゃりょう》を走らせることになった。年明けから乗客数の確保がままならず欠航する便もけっこうあるらしいと聞いていたので、なんだか意外だ。たまたまなのだろうが、こんなときもある。

　道路の混雑状況にもよるが、県庁所在地から空港まで片道がだいたい三十分から一時間弱かかるので、単価的にコロナ禍の折の上がりとしてはまあまあ。特におれはこの翌日から三日間のオフを上司に指示されているので、その前にまとまった仕事ができたなと、ちょっとホッとした気分だ。

第六波の感染拡大がどの程度の規模になるのか先行きをなかなか読めず、会社も用心深くなっているのだろう。うちに限った話ではなく、タクシー業界全体の問題だが。まあ新型コロナの出始めの頃の一昨年の前半なぞ、たった五日しか出勤できない月があったりしてなかなかきつかったけれど、さすがにもうそれほど悲惨な事態にはならないよう祈るばかりだ。

日付が変わって一月二十七日、木曜日の明け方。シフトから上がり、独り暮らしをしているアパートへ帰宅したおれは、先ずスマホでネットニュースを確認した。

甲野藤政嗣、六十一歳が妻、奈苗さんの殺害容疑で逮捕との記事は地元新聞サイトに掲載されているが、容疑者であるコウマが犯行後に自ら通報したこと、動機を警察に訊《き》かれて、家族の介護方針を巡り被害者と対立し、日頃からトラブルになっていたという主旨の供述をしているらしいこと。いまのところ明らかになっているのは、その二点くらいのようだ。

営業開始時刻になったばかりの近所のコンビニに新聞を買いにいこうかと、ちらっと思ったものの、やめておく。おそらく、これ以上の事件の詳細はまだ望めまいし、後追い記事が出るとしても、もっと時間がかかるに決まっている。

スマホを炬燵《こたつ》の天板に置くと、冷蔵庫を開けた。白菜やネギをざくざく切って、早朝の夕餉《ゆうげ》の準備にとりかかる。「夕餉」という言い方がこの時間帯、語義的に正しくないのは重々承知だが、これはまさにおれにとって就寝前の至福の晩餐会《ばんさんかい》だ。

次男の成人を機に離婚してから十余年。最近は「孤食」という言葉があるそうだが、侘《わび》しいか否かは別として、日々の食事が独り者にとって多かれ少なかれ頭痛の種であることはまちがいあるまい。なにしろ毎日のことなので外食は早晩飽きるし、特に料理に対して興味のない身にとって自炊という作業はただ煩わしいだけ。

そんなおれにとって冬場は楽ちんだ。湯豆腐という最強の友を熱燗《あつかん》といただければ、なんの文句も無し。たとえ何十日と続いても飽きずに食べ続けられるので、メニューに悩まなくていい。いつものようにゆったりと、いわゆる孤食を楽しむつもりのおれだった。が、この日ばかりは、いくら杯を干しても、なにやら不穏な雑念に胸が掻《か》き乱されてしまう。

どうしてもあれこれ考えてしまうのだ。ナナちゃんとコウマのこと……三十四年近く前に〈ホテル・ヒッツ・パレス〉で何者かに殺害されたリュウショウのことを。

＊

一九八八年、八月。まだ二十八歳だったおれはあの日の朝、櫃洗空港にいた。

羽田《はねだ》から、始発の飛行機で到着したばかりだ。到着口から出てきたところでただぽつねんと、その場に立ち尽くす。このまま即刻、東京へとんぼ返りしたいという、子どもじみた衝動を持て余しながら。

そのあいだにも市街地への連絡バスに乗車するための行列はどんどん、どんどん長くなってゆく。その最後尾に付く踏ん切りが、なかなかつかない。冠婚葬祭オールラウンドの黒いスーツしか入っていないガーメントバッグを岩石の如く左手に重く感じながら、おれは溜息《ためいき》をついた。

数年ぶりの帰省。しかも、古くからの友人の結婚式と披露宴の席へこれから臨もうという身でありながら、気分はこれ以上ないくらい落ち込んでいる。

ガーメントバッグに付けた大きなアップリケの虎の戯画的な顔が、そんなおれを嘲笑っているような気がする。翌月開催されるソウル・オリンピックのマスコット・キャラクター、ホドリだ。韓国語で「ホ」は虎、「ドリ」は男の子を意味するらしい。なので、これこのとおり、お茶目なトラのやつめが虎の子を持って参りましたよと、ひさしぶりに会う友人たちの受けを狙ってわざわざ自前で作ったアップリケだが、こんな大して可笑《おか》しくもないギャグのアピール、しなきゃよかったと自虐と後悔にまみれる。

ただでさえ暗く澱《よど》んだ屈託をかかえて搭乗したフライトだったが、機内でもまた最悪。たまたま隣りのシートに座った、見ず知らずの初老の男が馴れなれしく無闇やたらに話しかけてくるのだが、如何《いかん》せん、その内容が死ぬほどくだらない。

「兄ちゃん、地元か？　櫃洗出身？　地元のひと？　ほしたら、なあ、いい店、知らんか？　いい店。夜の。なあ。可愛《かわい》い娘《こ》のいる。な。かつ適正価格の」

おれもまだ、こういう困ったおっさんの適当なあしらい方もよく知らない若造だったので、つい「すみません、ぼく、そういうのは全然、詳しくなくて……」と律儀に応じてしまう。

「まあまあ、そう言わんと。誰にも教えたくない、とっておきの隠し玉をみなさん、いっこは持っとるもんです。ね。ね。誰にも言わん。ほんとに誰にも言わんから。秘密にすると約束するから、ちょこっとヒントだけでも。なあ。お願いします」

「いえ、だから、すみません。ほんとにそういうの、全然知らなくて」

「うんうん。わかってる判ってる。で、なんていうお店？」

こんな調子で延々と、色惚《いろぼ》け与太に付き合わされる。櫃洗空港に到着する頃には、この氏名年齢不詳のおっさんが親の遺産で悠々自適のやもめ暮らしで、暇にあかしては風俗で遊び倒すために全国津々浦々をこうして飛び回っているらしいという、別に知りたくもなかった、しょーもないプライベートを得々と打ち明けられている始末。

「ま、わしもね、ごくごくフツーのオトコですから。はい。自分のテリトリー、つまり地元でやんちゃする勇気は無いわけですよ。だからこうして遠く離れた地方へと足繁《あししげ》く。わははは。な。自分の生まれ育ったところで羽目を外しとったら、いつ、どんなふうにして足を掬《すく》われるやらも知。え。地元はどこか、って？　それはないしょ内緒」

別に知りたかないわい、と内心で毒づく。要するに旅の恥は掻《か》き捨て。欲望充足を近場で済ませていては後々祟《たた》るから、労を惜しまずにせっせと遠出する御仁というわけだ。ま、勝手になんでもやってちょうだい、と引き攣《つ》ったお追従笑いをするしか為《な》す術《すべ》の無い当方、それぞれ別々に飛行機を降りた途端、どッと脱力してしまった。ようやくあの色惚け爺《じじ》いから解放されたとの安《あん》堵《ど》半分、そして痴漢被害に遭った娘さながらに自尊心を蹂躙《じゅうりん》されたような苦い気持ち半分で。

おれはあんなつまらない下世話トークに嬉々《きき》として乗っかってくるような輩《やから》に見えたのだろうか。そう思うと、とにかく苦々しく、口惜《くや》しい。どうせキミも同じ穴のムジナで、欲求不満を全国風俗巡りツアーで満たそうとするタイプでしょ、と決めつけられたってことなのか、おれは。くそッ。

いや。いやいや、考えすぎだろそれは。きっとあのおっさん、相手が誰であろうとかまわず同じ話を振ってきていただろうから。特におれを見込んで、いい店を知らないか、なんて訊いてきたわけでもなんでもないさ。被害妄想だよ。被害妄想。

そう自制しようとするのだが、ささくれだった鬱屈はなかなか抑えられない。普段ならばもっと余裕を保てていたはずが、これほどまでに己れを見失っている理由は、はっきりしている。今日、ナナちゃんが結婚してしまうからだ。

しかもよりによっておれたち四人組のなかで、いちばん冴《さ》えないタイプのリュウショウと。納得できない、は失礼かもしれないけれど、なんだか釈然としない、というのが偽らざる本音だ（ホドリのアップリケをガーメントバッグに付けてきたのだって、ギャグを装いつつも実は、干支は辰でも今年は虎の年でもあるんだぜという、リュウショウへの密《ひそ》かな対抗心の表れなのだろう）。

おまけにコウマのやつめ。子どもの頃からあれほどナナちゃんひと筋のはずだったくせに、いまはちゃっかり十以上も歳上の子連れの女と内縁関係にあるというではないか。別にコウマの人生なんだから好きにすればいいが、ナナちゃんとリュウショウの祝いに託《かこ》つけて、その女と共同経営者になったという自分の小料理屋で今日の三次会の集まりをやらせようってのは、どうなのだ。

それで支払いはすべてお店持ちというのならばまだしも、会費を取る気満々なのが腹立たしい。もちろんコウマとて主役のナナちゃんとリュウショウから徴収するほど厚顔無恥ではなかろうから、三次会の費用は実質ハルコとおれの折半になる仕掛け。

が、そのハルコにしてからが現状、立場的にはおれよりも遥《はる》かに優位に立っているのである。なぜならば、やつは最近、可愛い彼女ができたばかりで幸福の絶頂期だというんだから。今日のお祝いのための出費なぞ屁《へ》でもあるまい。

つまり、まとめると今日、ひさしぶりに顔を合わせる四人組のなかで、このおれだけが独り者の悲哀にじくじくとさいなまれているわけだ。なのに、そのいちばん惨めな立場のはずの当方が、披露宴の御祝儀と二次会のみならず、ごく近しい者たちだけの集まりである三次会の会費までをも負担せねばならぬという、この不条理。ただ出てゆくものが出てゆくだけで、なにも入ってこない。

ったく。やってられねえよ、ってなものである。そんなやさぐれた気分がピークに達していたせいだろう。

「やあ、奇遇だね。こんなところで会えるなんて」

おれにそう声をかけられたのは二十歳そこそことおぼしき、たったいま到着口から出てきたばかりの娘だ。こちらへ向けた眼を何度もしばたたき、きょとんとしている。

いきなり男から声をかけられて困惑しているのだろう。だが彼女以上に戸惑っているのは、脈絡なくナンパまがいの所業に及んでしまったこのおれ自身なのであった。

どうやら多分に被害妄想的なみそっかす心理を拗《こじ》らせた挙げ句、ちょっと自棄《やけ》っぱちになっているらしい。あるいはこれも一種の旅の恥は掻き捨て的な（櫃洗はおれの郷里なんだけど）ノリなのであろうか？　スーツケースをころころ転がしている、さらさらロングヘアの彼女の姿が眼に留まった刹那、後先を考えずに声をかけてしまったのだ。

とはいえ、その娘に見覚えがあることもたしかだった。そりゃそうである。いくら普段よりも高めのテンションに駆り立てられたからって、生涯に一度も会ったことのない、まったく見ず知らずの女性を呼び止められるほどのクソ度胸はおれには無い。それがテレビでしかお目にかかれないようなアイドルばりに可愛い娘ときてはなおさらだ。

しかし、はて。誰だっけ？　彼女の名前、えと、たしか知っているはずなのに、あらら？　全然浮かんでこない。こ、困った。自身の発作的な行動に困惑した拍子に記憶が飛んでしまったらしい。えーとえーと。やばい。このままだとおれ、ただの不審者じゃん。おもいだせ憶《おも》い出せと、なんとか愛想笑いを保ちつつ脇の下で嫌な汗をかいていると、彼女は「あ」と手を打った。

「こんにちはッ。いつもお世話になっております。ほんとに奇遇ですね」

弾《はじ》けるような笑顔に一瞬、眼が眩《くら》む。

「えと。お客さまですよね？　〈てあとろーま〉の？　たしか寅谷さまと。あ。まちがっていたら、ごめんなさい」

そう。そうだ、そうだ。そうだった。彼女は、おれの勤務先である某大手電機メーカー横浜支店の社員寮の近所に在るレンタルビデオ・ショップの従業員だ。よし。そこまではようやく憶い出せたぞ。

「いやいやいや。ぜんぜん全然」

依然、肝心の彼女の名前が浮かんでこないものの、先刻までの屈託が嘘《うそ》のように、おれの心は浮き立った。「こちらこそ、うっかり声をかけちゃったものの、ひとちがいだったらどうしよう、なーんて思ってたの。まちがっていなくてよかったよかった。ところで、バス待ち？」

声が上擦らないよう気をつけながら、長い行列のほうを顎でしゃくってみせる。「市街地方面へ行くのなら、どう、タクシーに相乗りっていうのは？　あ。つっても、早とちりはしないように。実はおれ、この後、すぐに古い友人の結婚式と披露宴に駈《か》けつけなくちゃいけないんだよね。

うん。だもんで、ちょっと急いでるの。でもさあ、だからって即タクシーを奮発するのもこの若輩者の身として如何《いかが》なものかと迷っちまって。うろうろしてたんだけどそこで、きみの姿を見て、はたと閃《ひらめ》いたってわけ。自分のためだけじゃなくて知人に足を提供する、という名目ならば大威張りっていうか、さほど罪悪感を覚えずに済むんじゃないかと。うん。そんなふうに思って。もちろん、割り勘だなんてセコいことは言わない。料金のことは心配しなくていいから。ね。どう？」

一気にそうまくしたてる己れにおれは半分呆《あき》れ、半分感嘆。こんなにも若くて可愛い女性相手に、かくも立て板に水の如くお誘いをかけられるとは。なかなかやるじゃん、おれも。これが転機になって、一気に人生の意識改革が進んだりして。

「えー、どうしよう。お言葉に甘えちゃってもいいのかな」

未《いま》だに名前を憶い出せない彼女の、まんざらでもなさげな笑顔に、ますます自信が膨らんでゆく。

「もちろん、いいともいいとも」

「でも、行き先が互いに離れていたりしたら、もうしわけないし」

「どこへ行くの」

「JR櫃洗駅前のビジネスホテル」

「おっと。それはなおさら好都合。おれは〈ホテル・ヒッツ・パレス〉で。駅なら、ちょうど通り道だから」

「それぞれの位置関係というか、地図がいまいち頭に入っていないんだけど。じゃあこれもなにかのご縁ということでひとつ、よろしくお願いします」

というわけでおれは首尾よくVR嬢を乗り場へ連れてゆき、彼女といっしょにタクシーの後部座席におさまった次第。ちなみにVRとはもちろんビデオレンタルの頭文字で、まちがってもヴァーチャル・リアリティではない。彼女の勤める〈てあとろーま〉が扱うビデオソフトは磁気テープのVHSの時代で、仮想現実を意味するVRという言葉はまだ人口に膾炙《かいしゃ》していない。

「あたし、櫃洗は初めてなんですよ」

と、VR嬢。聞けば、定期的に休みをまとめて取り、国内外を旅行するのが趣味なのだという。

「こちらに親戚とか知人とかがいるわけじゃなくて、ほんとに縁もゆかりもないんだけど、敢《あ》えてそういう見知らぬ土地を気儘《きまま》に散策するのが醍醐味《だいごみ》っていうか」

話の端々から類推するに仕事は正社員ではなくバイトのようだが、なにしろ八〇年代後半、バブルの時代である。世が世なら根無し草とか評されそうな若者風情が、こんなふうに全国津々浦々を飛び回るようなリッチな余暇を楽しむ例もめずらしくなかった。

「今日は、そうだな、結婚式っていうより、昔の仲好《よ》しグループの同窓会の趣きかな。小学校のときから通っていた書道教室で知り合ったんだよね、おれたち四人組。あ、いや。正確には五人組と言うべきかもね、その花嫁の彼女を含めると」

よっぽど浮かれていたのだろう。車中のおれは訊かれてもいないのに、そんな身内の事情を得々と、そして細々と彼女に説明。

そりゃそうだろう。なにしろ普段はビデオソフトを借りる際にたまたま店内にいてレジ打ちしてもらえればその日はラッキーだぜ、が関の山のVR嬢を、こうしてタクシーの後部座席という狭い空間で独り占めしている状況なのだ。色惚け爺いの戯言に延々と付き合わされた羽田からのフライトとはまさに対照的。天国と地獄とはこのことで、調子に乗るなというほうが、どだい無理である。

「みんなの通り名が動物縛りになっているんだよね。例えば、龍崎祥平というのが今日の主役なんだけど、ドラゴンの龍の祥平だからリュウショウ。おれは寅谷で、これは判りやすい。タイガーのトラ。そして安浪ってやつは下の名前が隼人でハヤブサだから、当初はファルコンだったんだけど、そりゃ響きがカッコよすぎるだろと、ものいいがついてファルコとかに縮められているうちに結局、ハルコに落ち着いた」

「あはは。おもしろーい。女の子みたい」とVR嬢もノリがいいものだから、こちらはますます浮かれてしまうわけである。

「こうなると四人目もさ、なにか動物ゆかりの綽名《あだな》を付けたくなるのが人情ってものだよね。ところが、こいつの名前は甲野藤政嗣といって、うまくこじつけられそうにない。でも、そこをなんとかしちゃうんだよね、子どもは。コウノトウマサシを縮めて」

「なるほどなるほど。仔馬《こうま》というわけですね。ポニーの。で、その龍崎さんの奥さまになる女性の方は？」

「一応考えてはみたんだけど結局、これはもう縛りの対象外、ってことで」

「こじつけられなかったんですか。うーん。辻元さんですよね。辻元奈苗で、えーと。なんとかならないかしら。名前に奈良の奈が入っているからシカ、というのは。ダメか。ちょっとこじつけが過ぎるし、あんまり面白くもないかも」

「だね。まあ、いいんだよ。ひとりだけ女の子なんだし。綽名で可愛いところはもうハルコとコウマ、野郎ふたりに持っていかれちゃってるわけだしさ」

というこちらのひとことが大受けし、きゃっきゃっと笑い転げるVR嬢であった。できればこのまま、ずっとタクシーに乗っていたかったが、楽しい時間はあっという間に過ぎて、この前年に国鉄から民営化されたばかりのJR櫃洗駅が近づいてくる。

「でも、小学校から高校まで同じ学校だった同級生とはいえ、それぞれちがう大学へ行ったり、互いに異なる業種に就いたりした後もずっとこうして付き合いが続いているって、すごいですね」

「まあ、そうかも」

「特に寅谷さんはいま、櫃洗から遠く離れた神奈川県に住んでいるわけで。みなさん、よっぽど、うまが合ったんだ」

「ていうか、ナナちゃんを中心にして互いにつながっていた、ってことだろうな、おれたち四人は。というのも五人のなかでナナちゃんだけ、小学生のときしか、みんなと同じ学校じゃなかったんだ」

「ナナさんも同級生なんですよね？」

「うん。学年は同じだったけど、彼女だけ、中学校から私立の女子校へ行ったんだ、中高一貫教育の。ほんとならそこで彼女、おれたち四人とはすっかり疎遠になっていてもおかしくなかったんだけど、なぜかナナちゃん、その後もずっと、くだんの書道教室へ通い続けていたものだから……」

「寅谷さんたち四人組も、ずーっとそこへ、足繁く？」

「そもそも書道教室なんかへ行くことになったのは、他の三人の事情はよく知らないけれど、おれの場合は親に言われたからで、それほど真面目《まじめ》に習うつもりもなかった。中学生になったら、すっぱり辞めようと思っていたんだ。なのに小学校を卒業しても、ずっと通い続けていた、その理由は……」

「ナナさんがいたから。その書道教室へ行けば彼女に会えたから、というわけですね」

「そういうこと。おれだけじゃなくて他の三人も完全に彼女目当てでその教室に、たむろしていた。普通ならこちらが遠巻きにして眺めるだけなんだろうけれど、なぜかナナちゃんのほうも、おれたち四人と波長が合うと感じたのか、すごく気安く接してくれて。だんだん仲好くなってゆくうちに書道教室の外でも、共通の趣味で五人いっしょに盛り上がるようになった」

「なんですか、共通の趣味って」

「そのときそのときの流行《はや》りっていうか、いろいろ。テレビドラマとか、アイドルとか。特にナナちゃんは女の子なんだけど、女性アイドルに造詣が深くてさ。日本だけじゃなく海外のアーティストも好きで、スージー・クアトロなんかはおれ、彼女に教えてもらって知ったくらい」

「へええ。そうやってみなさん、ずっといっしょに同じものに熱中していたんだ」

「ていうか、おれたち四人が彼女の熱気に引きずられていたって感じかな。例えばスージー・クアトロだって、おれ、ヴィジュアルは可愛いなって思うけど、音楽には正直、それほど興味はない。それは他の三人も似たりよったりだったと思うよ。けれどナナちゃんはちがう。真面目に彼女のファンなわけ。ガールズバンド時代とソロ時代のちがいとか、熱く語ったりしちゃうわけ。

こちらが、ちょっと引いちまうくらい」

「あはは。引いちゃうんだ。でも、なにしろ相手はナナさんだから」

「そう、みんな、必死で喰《く》らいついてゆく。彼女が好きなものをなんとか自分たちも好きなものとして語り、消化しようとする。そんな感じで紅一点と男四人の五人組の蜜月は、高校を卒業するときまで続いたわけだけど。大学はみんなばらばらになっちゃった。ナナちゃんはエスカレータ式で女子短大。彼女以外で地元の大学へ進んだのは、今日の花婿であるリュウショウだけで……」

我知らず、空気洩《も》れを起こした風船みたく声が萎《しぼ》んだ。おそらくこのときのおれは、腹痛をこらえているような表情をしていたにちがいない。

「そのお蔭《かげ》でやつは一歩リードできた……っていうか、彼女との仲を、より深められたってことかも」

「複雑ですよね、寅谷さんにしてみれば。もちろん嬉《うれ》しさもあると思うんだけど、みなさんのマドンナだったナナさんが結婚するっていうのは、やっぱりショックなわけで。ましてや、そのお相手が自分たちのお仲間のひとりというのは……」

「あのう、お客さん」

VR嬢の執り成すような言葉に、タクシー運転手の声が被《かぶ》さった。「駅前の、どの辺ですか?」

「あ。〈ピットタウン櫃洗〉っていうホテルへお願いします」

「いつまでこちらにいるの?」

「とりあえず二泊はしようかな、と。寅谷さんは?」

「おれはもう明日には。うん。羽田行きの最終便のチケット、取ってるんで」

「今夜の三次会、甲野藤さんてお友だちのところでやるんですよね。そこ、なんていうお店です?」

「いや、ごめん。おれもまだ行ったことがなくて。どこに在るのかも知らないから、みんなの後に付いてゆくしかない」

櫃洗滞在中の食事をどうしようかと彼女、考えているのだろう。が、おれも地元の事情には疎くて、適当な店名を挙げられない。スマートフォンも無い時代なので、気軽に検索することもできない。なんとなく言葉の接ぎ穂を捉えあぐねているうちに、タクシーは目的地のビジネスホテルに到着した。

「それじゃあここで。寅谷さん、ほんとに、どうもありがとうございました。あんまり気落ちしないでくださいね」

「なんのなんの。マドカさん、あ、いや、ナガキさんもお気をつけて。よい旅を」

「はあい。じゃあ、また〈てあとろーま〉のほうでも、よろしく」

おれが無意識にVR嬢の名前を呼んでいる自分に気づいたのは、彼女がにっこり微笑《ほほえ》みながらスーツケースを押して建物のなかへ消えた後だった。

そうか、マドカさんだ。永木真都香。その字面が明瞭に脳裡《のうり》に浮かんできたが、やれやれ、間が悪いというか、憶い出すのが遅すぎるだろ、いくらなんでも。

後部座席でひとりになったおれは、一路〈ホテル・ヒッツ・パレス〉へ。リュウショウが部屋を手配してくれているはずなので、今夜はそこで一泊する。

実家に立ち寄るつもりはない。おふくろと顔を合わせたが最後、一刻も早く転職して地元へ帰ってこいと、せっつかれるに決まっている。見合いでもなんでもいいから身をかため、自分たち家族と同居してくれ、というわけだ。そのために、いつでも実家の古い建物は取り壊し、二世帯住宅に建て替える準備はできている、云々《うんぬん》と。

そうまくしたてられても、こちらは生返事をするしかない。将来のことはそのときになってみないと判らない、と正論を述べてみたところで、この無責任体質はいったい誰に似たのかしら、とか、東京の大学へ行かせたのがまちがいだったわね、とか。水道管破裂事故による洪水被害並みに愚痴を垂れられるのがオチである。

親父《おやじ》には一応こっそりと、おふくろには絶対内緒を条件に、今回の帰省の件を伝えてあるが、さて、秘密厳守をどこまで貫けるものやら。存外素知らぬふりをして、息子が櫃洗の地を踏んでいることをとっくに把握しているかもしれないおふくろはその場合、どういう行動に出てくるか。考えるだに憂鬱になるばかり。まさかとは思うが、こちらがチェックインするなり、客室へ電話をかけてきたりして。

などと安手のホラー映画的展開に、かなり真剣に怯《おび》えつつフロントへ赴くと、「チェックインは正午からでございます」と、すげなく言われる。

時刻は午前十時を数分過ぎ。ホテルの最上階のチャペルでの式開始まで、あと一時間もないのに、着替えはどうすればいいのかと訊くと、新郎側関係者用の控室が用意されていると教えてくれたので、荷物はフロントに預け、ガーメントバッグだけを持って客室フロアへ上がる。

「よっ。おひさしぶり」

パティオふうの空中庭園が窓から見える和風の大部屋にいたのは、ハルコこと安浪隼人だ。特徴的なマッシュルーム・カットで、スーツにぴっちり包み込まれた細身の長身も相俟《あいま》って、六〇年代のデビュー直後のビートルズの似非《えせ》メンバーみたい。

「あ。それは」

と、ハルコはおれのガーメントバッグを指さし、笑う。「来月のソウル・オリンピックのやつ。なるほど、トラが持つ虎のバッグってわけね」

「気づいてくれて、どうもありがと」

「そんなに大きかったら気づかないほうがどうかしている。それにしても、おまえ、よくぞ殺されもせずに無事で、生きて帰ってこられたよなあ」

「なにをいきなりオーバーな。まあ、寿命を縮めかねないほど過酷な残業の毎日にはちがいないけどさ」

「よっ。日本の好景気を支えるエリート・ビジネスマン。って話じゃなくて。このところ関東一帯に謎の、通り魔的な無差別連続殺人事件が起こっているそうじゃないか」

「あー、そんなニュース、やっていたな、そういえば」

「茨城、群馬ときて、千葉だっけ？　いや、埼玉？　ともかく、そろそろトランちの近くにも出没する頃じゃないかなー、とか思っていたところだったからさ」

ワイドショーかなにかの聞きかじりなのだろうが、いい加減な情報のフレームアップをするやつだ。

正確には二月に東京の三鷹《みたか》市で、四月に茨城県の水戸市で、そして六月に群馬県の富岡《とみおか》市で、それぞれ独り暮らしの若い女性や高齢男性が何者かに殺害されていて、警察がそれら三つの事件を関連づけて捜査しているのはほんとうのようだが、おれの知る限りその根拠は公表されていないし、同一犯と確定しているわけでもない。

一歩譲って謎の殺人鬼が関東近辺を跋扈《ばっこ》しているのだとしても、そいつが次に出現するのが横浜であるとどうして予測できるのか、これは警察ならずとも、ぜひともご教示願いたいところだ。

「ともかく、よかったよかった。これでトラも来月のソウル・オリンピックを安心して観《み》ることができる」

「勝手に殺すな、ひとのことを」

「いやあ、人間って、どこで怨《うら》みを買っているか、判らないものだぜ」

これほど人畜無害なこのおれが殺されなきゃいけないほどの世ならば、生き残れる人間なんかひとりもいやしないぜ、と言い返してやろうとした、そのとき。

控室内にやや乱暴にノックの音が響いた。ハルコが歩み寄り、ドアを開ける。

息せき切って入室してきたのは黒いタキシード姿のリュウショウだ。

「いよお、色男。今日はおめでとさん」と声をかけるおれに向けて龍崎祥平はそのとき、心なしか後ろめたげな笑顔で首を横に振ってみせたのだった。

「まて、トラ。ちょっと待ってくれ」

ガーメントバッグからスーツを取り出しかけていたおれの手が止まる。「え？」

「おまえに頼みがあるんだ。いますぐ。な。急いでいるんだ。着替えるのは、ちょっと待ってくれ」

＊

はっと目が覚めた。身を起こした拍子に、炬燵《こたつ》の天板の上の皿のなかでポン酢に浸った喰いかけの豆腐が、ぷるると揺れる。

三十四年近く前のあの日のことを回想しているうちに、寝落ちしてしまったらしい。マグカップの底に一センチほど残っている、すっかり冷め切った日本酒を一気に飲み干す。頭痛がした。青白い血管の浮いた皺《しわ》だらけの手の甲がなんだか自分のものとは思えず、遣《や》り場のない非現実感にさいなまれる。コウマがナナちゃんを殺して、逮捕された……って。いや、そもそもあいつが彼女と結婚していたという事実のほうに気持ちが追いつき切れない。

我知らずスマホを手に取る。警察よりも頼りになる……という言葉が、ふと脳裡に浮かび、櫃洗市のホームページを開く。そんな己れの行動に戸惑うよりも早く、その表記が眼に留まった。『櫃洗市一般苦情係のページはこちら』『市民サーヴィス課臨時出張所のお知らせ／本日のリモート相談窓口の設置予定場所は以下の通りです』

例のご当地キャラ人形のテレビ画面でZoomを使うサポート窓口だ。今日はなんと、このアパートのすぐ近所のコンビニの駐車場に設置予定だという。

案内文を読む限り、新規相談のために特に予約などは必要ないようだ。なぜか、考えるよりも早く身体《からだ》が動く。さっと顔だけを洗って外に出た。

街は閑散としている。ゆるキャラ人形が置かれているコンビニの、広々とした駐車場も軽が一台、停《と》まっているだけ。そういえば昨日、市街地と空港を往復している際に聞いたニュースによると国内の新規感染者が初の七万人超えとのことだったが、このひとけの無さはその影響か。それとも単に午前十時半という中途半端な時間帯のせいか。

パイプ椅子に座り、リモート相談窓口のテレビ画面と向かい合っていたナッパ服姿の若い男性が、つと立ち上がった。

「どうもありがとうございました」と深々とお辞儀するや、マスクで半分隠れていてもそれと知れるほど晴ればれとした面持ちで駐車場から去ってゆく。なにか仕事上の悩みでも聞いてもらっていたのだろうか。

ちょっぴり背中を押されたような気分で、おれはアライグマもどきのゆるキャラの胸部辺りを覗《のぞ》き込んだ。「えと。おれもお願いしたいんだけど、いいかな?」

「どうぞ」と、マイクを通していることを割り引いてもなお機械的に硬く感じる声音で応答があった。

画面に映っているのは円いフレームのメガネをかけた痩《や》せぎすの男で、感染防止用マスクは着けていないが、年齢不詳。おれより歳上に見える反面、息子たちと同世代だと言われたらそれはそれで納得してしまいそうな、どこか捉えどころのない風貌。

生身の人間というより、CGキャラクターのように没個性的。空気の如く稀薄《きはく》な印象でありながら、妙に独特の存在感を醸し出しているあたり、ちょっと幽霊っぽい、と言ってもいいかも。

「ホームページを見たら、個人的な悩みもお気軽に、みたいなことを書いてあったけど。ほんとにいいの?」

「もちろん」

「そのお悩みごとっていうのが、実は三十年以上も前の話になったりするんだけど。そういうのでも受け付けてもらえるの？」

「当方がお役に立てる範囲内で。はい」

むろんおれだって、こういう公共サーヴィスに過剰な期待を寄せているわけではない。ただこの漠然とした不安を誰かに吐露して、すっきり楽になりたい。ひととおり話を聞いてもらえればそれでいい、くらいの気持ちだった。

「相談員さんも、ひょっとしたら見ているかな、昨日のニュース。六十一歳の男が家族の介護のことで揉めて奥さんを殺害し、逮捕された、っていう」

画面のなかで相談員は頷《うなず》く。

「あれって実は、おれの古い知り合いなんだよね。被害者も加害者も両方。といっても、もう三十年余りも音信不通になっていて、ふたりが結婚していたことさえ、今度のニュースを見るまで知らなかったんだけど」

「それはさぞ驚かれたでしょう」

「びっくりだよ。ほんとうにびっくりした。事件そのものに、というより、あのふたりが夫婦になっていたことに先《ま》ず驚いて……実はそれこそが、その、いまおれが、もやもやしているポイントなんだけどね」

こちらを見返してくる相談員。一瞬、静止画像かと錯覚するほど無表情だ。

「これまで夢にも思っていなかったんだが、こうなってみると、三十四年前のあの事件って、もしかしたら……もしかしたらあいつが犯人だったんじゃないか、と」

「あの事件、といいますと」

メガネをなおす仕種《しぐさ》の相談員のその腕は、黒いアームカバーのようなものに包まれている。最近はあまり見かけなくなったが、事務作業などでよく使う腕貫《うでぬき》だ。

「リュウショウが、あ、これは綽名なんだけど。龍崎祥平という、おれの友だちが辻元奈苗とチャペルで挙式した直後、その同じホテル内で何者かに殺害されたんだ。客室フロアの廊下で……」

おれたち四人組と紅一点のナナちゃんの関係性から始めて、一九八八年、八月のあの日の経緯を、なるべく詳しく説明する。

「……なにしろ友人代表のスピーチを頼まれていたからさ。万が一、飛行機が遅れたりしたら困る。ほんとうはその前日に櫃洗へ帰ってきたかったんだけど。当時勤めていた横浜の会社は、もう殺人的に多忙だったもんで、都合がつかなかったんだ。結局、当日の始発に乗って。さいわいフライトは遅延などもなく、予定通りに。でも気は急《せ》いていたから、空港からはタクシーを奮発した。お蔭で式の一時間ちょっと前くらいに余裕で、ホテルに到着できたんだが……」

正午までチェックインはできないとフロントに言われたので、ガーメントバッグだけを持って新郎側関係者用控室へ上がり、着替えようとしたところへ、花婿のリュウショウが駆け込んできた……というくだりで思わず失笑してしまった。

「やつが言うには、急いで頼みたいことがあるから、着替えるのはちょっと待ってくれ、と。おまけにハルコこと安浪隼人の耳をはばかってなのか、わざわざ廊下へ連れ出されたものだから、いったいなにごとか、と戸惑ったよ」

「なんだったのですか、新郎たっての頼みごととは」

「それが聞いて呆れる。実はレンタルビデオの返却を忘れていた、と言うんだ」

現代の若者たちには到底信じられないだろうが、ＶＨＳのビデオソフト一本の二泊三日のレンタル料金が平気で二千円ほどもしていた時代だ。しかも当時は、海賊版を堂々と並べたりする怪しげな個人経営の店舗も決して少なくなかった。

「おれも身に覚えがあるから、あんまり偉そうなことは言えないけどさ。リュウショウのやつ、どうやら無修正の成人ビデオを、しかも数本、借りたままにしていたようなんだ。もちろん挙式前に返却しておくつもりが、いまのいままで、すっかり忘れていたんだと。さあ大ピンチ。なにしろこの翌日の朝には、ナナちゃんとの新婚旅行のためハワイへ旅立ってしまう予定とくる」

このまま放置していたら延滞料金がとんでもない額になってしまう、たすけてくれ、と泣きついてきたというわけだ。

「半泣きで訴えながらリュウショウは、おれにキーホルダーを手渡してくる。なんだこりゃ？って訝《いぶか》ったら、ヤツの自宅の鍵だと吐《ぬ》かすんだよ。これからオレのアパートへ行って、置いたままにしているビデオを全部返却してきてくれ。だいじょうぶ、すぐに判るところに置いてあるし、店への道順も全然難しくないから……だとさ」

「すみません。アパートというのは？　新婚ご夫婦の新居ではなくて？」

「リュウショウが学生時代から独り暮らしをしていた、八畳くらいの部屋。おれや他の友人たちも夏休みに帰省した際に、泊まりにいったことがある。ナナちゃんとの新居はすでに別に用意していたそうだけど、荷物を整理しきれなくて引っ越しが翌月にズレ込んだ、という話だった」

「それならば式と披露宴の後で、龍崎さん本人がビデオを返しにゆけば、それでいいのではありませんか？　予定されていたという二次会と三次会の段取りがどれほどタイトだったのかは判りませんが、途中でこっそり脱け出して、すぐに戻ってくることくらい、簡単にできたのでは」

「そうなんだ。おれもそう言ったんだよ、あいつに。でも結局、押し切られてしまった。察するに、借りていたのがいかがわしい内容のビデオだったというのがネックで、リュウショウとしてはヘタに自分で動き回りたくなかった、万にひとつもナナちゃんの不審を買うというリスクを負いたくなかった、ってことじゃないかな」

「特に寅谷さんに頼んだのは、どうしてでしょう。同じく控室にいた安浪隼人さんの耳をはばかったかのような印象とのことですが、みなさんの親密な関係性に鑑みると、むしろ寅谷さんだけではなく、安浪さんにも問題のビデオ返却を打診してもおかしくないような状況に思えますが」

「うーん。そこら辺りはリュウショウ本人に訊いてみないと判らないけど、おれがいちばん頼みやすかった、ってことなのかな。当時の仲間うちで、付き合っている彼女がいないのって、おれだけだったし。いや、判らないけどね、そんなことが心理的に影響するかどうかっていうのは。ただ単にあのとき、ハルコはもうスーツに着替えていたけれど、おれはまだ普段着だった。それだけのことだったのかもね、存外」

「なるほど。で、寅谷さんはどうされたのですか、龍崎さんにそう頼まれて」

「仕方がないから、ホテルを出た。ガーメントバッグは控室に置いて。式に間に合うように戻ってこられるかどうか微妙だったけど、披露宴のほうは午後一時開始で確実に出られるだろうからまあいいや、みたいな感じで。経費も含めてお礼は後でちゃんとするからとリュウショウに言われていたので、お言葉に甘えて遠慮なくタクシーを拾って、やつのアパートへ向かった」

預かっていた鍵を使ってリュウショウの部屋へ入る。段ボール箱がそこかしこに積み上げられていて、如何《いか》にも引っ越し作業の途中という感じ。離れ小島のようなそれら梱包《こんぽう》途中の箱のうちのひとつに、レンタルビデオ返却用バッグが無造作に置かれていた。

「それを持ってすぐにレンタル・ショップへ向かっていればあるいは、ぎりぎりチャペルでの式に間に合っていたかもしれない。でもおれは、そうしなかったんだよね」

「と、いいますと」

「リュウショウの部屋に、しばし留まっていた。なんのためにか？　っていうと、ひとり静かにもの想《おも》いに耽《ふけ》っていた……とか、そんな牧歌的な話じゃない。もう時効だからぶっちゃけるけど、こっそり家捜しみたいな真似《まね》をしていたんだ」

「龍崎さんの部屋で？　なにを探していたのですか」

「具体的にこれといったお目当てがあったわけじゃないんだ。ていうか正直、自分はなにをしようとしているのか、よく判らなかった。未だ荷造り途中の段ボール箱をひとつひとつ開けて、なかを覗き込んだりして、さ。けれど結果的には、要するに、なにか決定的な証拠品を見つけてやろうとしていたんだな」

「証拠品？　というのは、なんの」

「こうして改めて口にしてみると我ながら、ひどいやつだと呆れるんだけど。そのときのおれは、妬《ねた》み嫉《そね》みによる思い込みに振り回されていたんだ。すなわち、ナナちゃんは決して自ら望んでリュウショウと結婚するわけじゃないんだ……っていう」

なにか確実に引き返せない領域に足を踏み込んでいる実感に、一旦口を噤《つぐ》んだ。「……だけど実際に、こうして華燭《かしょく》の典を挙げざるを得なくなった。それは彼女がなにか、とてつもない弱みでも握られているからなんじゃないか、と」

「つまり、龍崎さんは脅迫によって、辻元奈苗さんに自分との結婚を同意させたんじゃないか、と。そんなふうに疑った？」

「そういうことだ。判ってる。判っているから、辛辣なツッコミはかんべんしてくれ。我ながら危ないというか、失恋のショックで頭がおかしくなっていたんだな、きっと。若気の至りで済ませるつもりもないけれど、女のことで前後の見境いがなくなるという意味では、ちょっとした前科もあったし」

「それはつまり、辻元奈苗さん以外の女性のことで？　なにか道義に悖《もと》るような言動に及んだ、という意味ですか」

「いやまあ、これ以上の黒歴史の告白と懺悔《ざんげ》はかんべんしてくれよ」

一旦はそういなしたものの、テレビ画面のなかの相談員の無機質な表情と機械的な音声に眩惑《げんわく》されでもしたのだろうか、なにやら露悪的な衝動が湧いてくる。

ま、いっか。これもしょせん三十年以上も昔の話だし。時効だし。知られたところで誰に咎《とが》められるものでもなし。

「いままで言うところのストーカーまがいってやつかな。その当時、ちょっと気になる女の子の部屋へ無断侵入したことがあったんだよね。といっても、こっそり鍵を拝借したとか道具で壊したとか、そんな荒っぽい話じゃないんで、誤解しないでくれ」

変質者のような所業に及んでおきながら誤解しないでくれもないもんだ、と一応、自分で自分にツッコミを入れておく。「とある休みの日にたまたま、ほんとにたまたま足を延ばして公園へ赴いた際、そういえば彼女が住んでいるマンションってこの近くに在ったよな、と思い当たったんだ」

「その彼女、というのは」

「当時住んでいた横浜の社員寮の近所に在るレンタルビデオ・ショップの従業員。永木真都香って娘。そう思い当たったらもう、なんだか無性にというか、いますぐにでも彼女の顔を見たくなっちゃって」

「というと、交際されていた?」

「いやいや、ぜんぜん全然。単なる客と従業員の関係で。顔馴染《なじ》みではあったからレジをしてもらうときとか、ひとことふたこと、他愛ない言葉を交わす程度」

「でも彼女の住居をご存じだった?」

「そこがあんまり威張れた話じゃないんだけどさ。それ以前のある日、深夜にそのレンタルビデオ・ショップへ行こうとしていたら、ちょうどシフトから上がったばかりとおぼしき彼女に遭遇して。なんとなく気を変えたおれは店へは入らず、はい、回れ右して」

「彼女に声をかけた?」

「かけようかとも思った。けれど向こうは、こちらに気づく様子が全然なくて。気後れしているうちに、なんとなくふらふらと、彼女の後を……」

「尾行したわけですか。自宅まで？」

「そういうこと。ああ、彼女ってここに住んでいるんだなあと部屋へ入るのを確認して、その夜は終わりだったんだけど。住所とマンション名、部屋番号なんかはそこで、しっかり憶えていたってわけ」

「そういう経緯で憶えていた彼女の住居を、たまたま公園へ赴いた日に、急にその気になって訪ねた？」

「約束していたわけでもなんでもないから、訪ねたというより押しかけたわけだけど。オートロックも無かったからさ。彼女はいま、居るのかなと軽い気持ちで部屋の前まで行った。そしたら驚いたことに、ドアの鍵孔《かぎあな》に、キーホルダーごと鍵が挿しっぱなしになっているじゃないか」

「それを使って部屋のなかへ？」

「いやいやいや。先ずは彼女に知らせてあげなきゃと焦って、ドアチャイムを鳴らした。けれど応答がない。何度鳴らしても。どうやら留守のようだと悟ったら、急に出来心がむくむくと湧いてきて、そして……」

「彼女の部屋へ不法侵入した」

「いやいやいや。ドアを開けて、なかをちょこっと覗き込んだだけ。それだけだよ。室内には入らずに、そのまま立ち去った」

　思わずそう嘘をついてしまったのは、いまさらながら激しい羞恥心と自己嫌悪にかられたからだ。ほんとうはドアの隙間から上半身を差し込むようにして、靴箱の上に置きっぱなしの朱色の手帳を見つけ、手に取ったのだが、その事実をいまここで開陳する気にはなれない。

ここまでずいぶん、あけすけに喋《しゃべ》っておいて、なにをいまさらと我ながら冷やかな気持ちになるが、どうしてもこの部分だけは告白できない。それには相応の理由がある。

よくよく考えてみれば、彼女に限らず〈てあとろーま〉の従業員たちは胸にネームタグなどは着けていなかった。にもかかわらず、おれが「永木真都香」という名前を知っていたのは本人に訊いたからでもなんでもない。その朱色の手帳を盗み見たからだった。ほとんど無自覚ながら実質的なストーカー野郎だったわけだ、おれは。我ながら気持ち悪い。やれやれ、である。

嫌なことを憶い出してしまったが、もう時効だ、時効。そう。おれがリュウショウの部屋のなかでなにを見つけたかも含めて、すべては遠い過去のこと。

「まあ恥ずかしながら、そんな前科があったせいか、わりと罪悪感も無しにリュウショウの部屋で家捜しをやっちまったんだよね。言い訳になっちゃうけど、長年の友だちに対する気安さみたいなものは、やっぱりあったと思う。だからこれは決して、おれが生来手癖の悪い人間だとか、そういう話ではないんだよってことをくれぐれも強調したいし、ご理解いただきたいんだ」

本心を覗かせない、精緻な機械並みの所作で相談員は頷く。「で、如何でしたか、龍崎さんの部屋の家捜しの成果のほどは」

「特にこれといって、めぼしいものは見つからなかった……と、そのときは思った。なにしろナナちゃんの弱みになりそうななにかという前提で探していたんだから。そんなものはまあ、ありっこないんだよ、当然ながら。自分でやっておいてオマエが言うなって叱られそうだけど。でもそれは、あくまでもそのときはそう思ったって話なんであってさ。あれから三十四年近くも経って改めて、リュウショウを失ったナナちゃんがいつの間にかコウマとくっついていた、ってことを知ったいまでは、ひょっとして、と。あのときに見たものが、ちょっと異なる意味を帯びてくる」

「なんだったのですか、それは」

「写真。フォトアルバムが数冊。もちろん時代が時代だからデジタルじゃなくて、使い捨てカメラかなにかで撮ったとおぼしきスナップ写真の数々」

「なにか特別なものでも写っていた？」

「あれって沖縄かどこかかな。リュウショウがナナちゃんといっしょに旅行したときのものと思われるツーショットで。プリントされた日付によるとその前々年と前年、つまり一九八六年と八七年。南国っぽくない背景のものもあったから、きっといろんなところへ行っていたんだろう。ふたりが新婚旅行から戻ってきたら、これにハワイでのツーショットのフォトアルバムがコレクションとして加わることになるんだろうなと思っただけで、それ以上のなにか、違和感のようなものは特にその場では覚えなかったんだけど……」

「いま改めて思い返してみると、なにかが引っかかる？」

「その話をする前に、事件当日の残りの経緯を全部説明しておいたほうがいいかな。家捜しを十数分で切り上げて、おれはリュウショウのアパートを後にした。あいつが借りていた、ラベルに手書きの表記しかない怪しげなビデオソフトを持って、指示されていたレンタル・ショップへ返却しにいった。細長くて六畳もない、文字通り鰻《うなぎ》の寝床みたいな、明らかに個人経営と知れる店舗だった。言われなければ普通の住宅の納屋かと思うような。ちょっとヤンキーっぽい若い男女が店番をしていたんだけど、女性のほうが度肝を抜かれそうな超絶美人で、びっくりしたな。リュウショウのやつ、自分が変なビデオを借りていたことをこの美女店員に知られるのが嫌で返却をおれに押しつけたんじゃないか、とすら疑ったよ。ともかく、問題のビデオソフトの内容がそれほどえげつない内容ではないことを祈りつつ、おれはホテルへ向かった。〈ホテル・ヒッツ・パレス〉へ戻ってきたのは、正午を五分ほど過ぎた頃」

「チャペルでの結婚式は、とっくに始まっていた」

「それどころか、とっくに終わっているはずの時間だったから、おれは控室へ行ったんだけど、ドアには鍵が掛かっていて入れない。仕方がないからフロントへ降りていって、チェックインを済ませておくことにした。忘れもしない、八階の八〇三号室だった……その数字だけは、いまでも忘れられない」

控室のほうは何階に在ったか、そちらはきれいに忘れているのだが、八階と最上階のチャペルの中間辺りだったっけ。「フロントに預けておいた荷物を引き取って、八階の客室へ上がった。他に空きがなかったからなのかどうかは判らないけれど、シングルじゃなくてツインだった。ベッドに腰を下ろして、伸びをしながら寝っ転がろうとした、まさにそのタイミングを狙いすましたかのように、電話が鳴った」

まさか、おふくろか？　と一瞬、かなり本気でびびったことは黙っておく。

「お断りするまでもないと思うけど、携帯電話なんかはまだ無い時代だからね。館内電話だ。出てみるとフロントからで、寅谷さまでしょうか、お休みのところ恐れ入ります、お電話でございます、なんて言う。切り換えてもらったら、いきなり女の声で……」

「かけてきたのは女性だった？」

「いや、女の声のように聞こえたんだけど、はっきりしない。誰なのかが判らなくて。なにしろそいつ、開口一番、ナナエはそこにいるの？　と詰問口調で……」

「ナナエ。というと、辻元奈苗さんはそこにいるのかと、そう訊いてきたのですか。名乗りもせずに？」

「そうなんだ。こちらは面喰らうばかり。は？　てなもんで。相手はかまわず、そちらは四〇九でしょ？　って言うから、いや、八〇三だと訂正しても引っ込んでくれない。ナナエはそこにいるの？　とくり返す」

いや、いるもなにも、ナナちゃんはいまチャペルのほうで……と言いかけたこちらを遮るようにして、がちゃんッ。唐突に電話は切れた。

「まったくいっぽう的に？」

「なんなんだいったい、と。こちらは、ぽかんとするばかり。でも、だんだん不安にかられてきた。ひょっとしてナナちゃんかその家族に、なにか不測の事態でも起こったということだろうか？　と。なにかしなきゃいけないんじゃないかと落ち着かなくなったけど、どうしたものやら全然判らない。とりあえずチャペルへ行ってみようと、八〇三号室を出た。エレベータで上がってみると、最上階フロアは正装姿の老若男女で混み合っている。式はとっくに終わっていて、チャペルに残っていたスタッフに訊くと、新郎新婦や関係者のみなさまはそれぞれ控室か喫茶室へと引き上げられたと思います、と」

「あのホテル、たしかエレベータは四基、あったと思いますが。寅谷さんは、チャペルから降りてくる方々とはちょうど、いきちがいになったと」

「ナナちゃんのことが気になって新婦側関係者の控室へ行ってみようかとも思ったんだけど、どこなのか判らない。とりあえず新郎側の控室へ行けば誰かいるだろうとエレベータのほうへ向かうと、四基とも階下へ降りようとする招待客たちが行列をつくっていて、なかなか乗り込む順番が回ってこない。いらいらした。なぜだか、自分でも理解できない焦燥感にかられて……」

「それはやはり、その直前の不可解な館内電話のことが気になって？」

「そういうことだったのかな、やっぱり。といっても、なんとなく嫌あな予感がする、という程度で。わざわざ階段を降りてゆくほどでもなかったけど。でも、なんだかもやもやしながら、ようやく新郎側関係者の控室へ行った。そしたらなんの因果か、そこにいたのは、またしてもハルコひとりだけ」

（リュウショウは？）とおれは訊いた。

（あれ。会わなかった？　いまさっき、トラの部屋へ行ってくるって、出ていったぜ。もうホテルへ戻ってきていてチェックインも済ませた頃だろうから、お遣いのお礼にスーツでも届けといてやろう、って）

置いていったはずの、おれのホドリのガーメントバッグが消えている。

（コウマは？）

（あいつも、まだトラの顔を拝めていないからオレも行こう、つって。リュウショウの後を追いかけていった）

「ちょっと、お訊きしたいことがあるのですが。よろしいですか」

相談員が口を挟んだ。「龍崎さんは、寅谷さんがチェックインしたことを例えばフロントに電話するなりして確認しておいてから、控室を出たのでしょうか」

「それは……さあ。どうだろう。そこまでハルコからは聞いていないから知らな。あ、いや。確認はしたはずだよね。だってフロントに訊かないと、おれの部屋は何階の何号室なのか判らないわけだから」

現代の感覚からすると、ホテル施設利用客に訊かれたからといって他の宿泊客の部屋番号を洩らすのはプライバシーの観点的に問題があるような気もするが、そこは多分、時代的にか当該従業員的にかはともかくコンプライアンスが緩かったのだろう。リュウショウがおれの部屋がどこなのかも知らないで控室を後にしたとは考えられない。

ともかく、披露宴開始の午後一時が迫ってきている。このままでは着替えができないので、リュウショウに持ってゆかれたガーメントバッグを追いかける格好で、おれは再びエレベータへ向かった。

「そのとき、安浪さんはどうされていたんですか。寅谷さんといっしょに八〇三号室へ向かったりはしなかった?」

「ハルコは控室の鍵を預かっているとかで、やつが留守番をしていないと他の利用客たちが閉め出されちゃう、って言うんで、そのまま。でも結局、おれ自身からしてが、八〇三号室へは辿《たど》り着けなかった……」

相変わらず混雑しているエレベータにようやく乗って、八階へ降りてこられたのは、さて、その何分後だったろう。

「八階でエレベータを降りたらなぜか、多くのひとがどたばた右往左往したり、なにか奇声を上げたりして、フロア全体が騒然としている。困惑しながらもとにかく自分の部屋へ行こうとしたら、ポーター姿の従業員たちに数人がかりで止められた。いったいこれはなにごとかと訊いても、誰も詳しいことは教えてくれない。そのうち制服姿の警官たちが何人も、やってきて……」

混乱に次ぐ混乱。そのカオスのなかで、どうやらリュウショウが何者かに殺害されたらしいということ。そしてコウマも何者かに襲われたのか、頭部に大怪我《おおけが》を負っているらしいということ。その二点が雑音を掻き分けるようにしておれの耳まで届き、じわりじわりと脳髄へと染み入ってくる。

「披露宴はもちろん中止。代わりに警察の事情聴取を受けた。ナナちゃんやコウマ、ハルコがどんな供述をしたのかは知らないが、おれが提供できる情報なんて、いくらも無い。なにしろ、こちとら普段は櫃洗から遠く離れた横浜で生活していたんだから。リュウショウがなにか深刻なトラブルに巻き込まれたりしていなかったかとか、誰かに怨まれたりしていなかったかとか訊かれても、なんとも答えようがない」

「龍崎さんが殺害され、甲野藤さんが負傷したのは、どういう状況下で？」

「リュウショウは八〇三号室のドアのすぐ前の廊下に、うつ伏せに倒れていたらしい。おれはこの眼でそれを見ていないんだけど、盆の窪《くぼ》っていうの？　首の後ろを果物ナイフのような刃物でひと突きされて……ほとんど即死だったろう、という話で。そして遺体のすぐ傍《そば》には血まみれの凶器と、そして他でもない、おれのガーメントバッグが落ちていたそうだ。しかも……」

しかもよりにもよって犯人は、おそらくそのガーメントバッグを使って、リュウショウを刺殺した際の返り血を防いだものと考えられる、という。後でおれの手許《てもと》へ戻ってきたのは、黒ずんだ血餅で顔の判別がつかなくなったホドリのアップリケだった。

「コウマもやはり背後から殴られて昏倒《こんとう》していたが、さいわい刺されたりはしておらず、命にも別状はなかった……」

「背後から、というと、甲野藤さんは犯人の顔を目撃していない？」

「後日おれも直接やつに訊いてみたんだが、まったく見なかったそうだ」

コウマによれば、リュウショウは彼よりも先に八階に降りるエレベータに乗り込んだらしい。ひと足遅れて八階へ着いたコウマが、エレベータから降り、客室の並ぶ廊下を曲がると、八〇三号室の前に誰かがうつ伏せに倒れている。顔は見えなかったが、タキシードですぐにリュウショウだと察知したコウマは慌てて駈け寄り、声をかけようとしたところで後頭部に重い衝撃を受け、意識がブラックアウト。通りかかったポーターに発見されるまで気絶していたという。

「いま思えば……ほんとに、いまにして思えば、なんだが。おれはその時点で無意識にコウマのことを疑っていたんじゃないか、と。そんな気がするんだ」

「疑っていた。というのは龍崎さんを殺害したのは実は甲野藤さんで、彼は友人の命を奪った後、なんらかの方法で自らも殴打されたかのような偽装を施したのではないか、と。そういうことですか」

自分でも鼻白むほど勢いよく、おれは頷いた。「まさにそのとおり。当時はそんな疑惑を抱いていることを、はっきりとは自覚していなかった。けれど、心のどこかで怪しいと感じていたんだな。無意識に。だからこそ、あの事件以降、コウマとは疎遠になってしまったんだ。それに引きずられるかのようなかたちで、ナナちゃんとも、そしてハルコともずっと音信不通に……」

「しかしそもそも、どういう理由で？　甲野藤さんが長年の友人である龍崎さんを手にかける動機に、なにか具体的な心当たりでもあったのですか」

「他に考えられない。ナナちゃんだよ。コウマも他の誰に劣らず、彼女のことが好きだった。できるなら我がものにしたかったのに、ナナちゃんはリュウショウと結婚することになっちまった。コウマはきっと、それが赦《ゆる》せなくて……」

「思い余って龍崎さんの命を奪った？　甲野藤さんという方は、それほど短絡的な性格だったのですか」

「実際問題、やつはリュウショウの亡き後、こうしてナナちゃんを自分のものにしていたじゃないか。それが如実に心情を表。そう。そうだ。それに、なによりの傍証は、リュウショウのアパートの部屋にあったフォトアルバムだよ」

「龍崎さんが奈苗さんといっしょに旅行したときの写真がなぜ、その傍証に？」

「リュウショウとのツーショットだけじゃなかった。彼女がコウマといっしょに写っている構図の写真もあったんだよ。如何にも仲むつまじそうに。親しげに。明らかに旅先で撮影されたもので……」

「どうもおっしゃっていることがよく判りません。仮にそういう写真が、例えば甲野藤さんの家から見つかったというのならば、まだ筋は通りますが」

「え……」

「実際には写真は龍崎さんのアパートの部屋にあった。ということは別に、それらは奈苗さんと甲野藤さんとの秘密の逢瀬《おうせ》の証拠でもなんでもない」

「い、いや、だって……」

どっと冷や汗が噴き出した。そういえばおれは、なんとなく……なんとなくあのフォトブックは、リュウショウが私立探偵かなにかを雇って、こっそりコウマのところから入手したものにちがいない……みたいな、無駄にドラマティックな想像をしていなかったろうか？

していた。おそらくしていて、きっとそうだ、と決めつけていた。それはなぜ？　無意識に……そう、無意識にリュウショウとコウマとのあいだに緊迫の対立構造を捏造《ねつぞう》しようとしたから。そういう危機的な緊張がふたりのあいだにはあったのだ、と思い込もうとしたからだ。

「普通に考えればそれらの写真は三人で、あるいは安浪さんも加えた四人でいっしょに旅行したときのものではないかと」

そう……きっと、そうなのだろう。コウマとハルコは県外の大学を卒業後は櫃洗に戻って就職していた。ずっと地元から離れていたのは、おれだけだったのである。

おとなになった後も、みんなは十代の頃と変わらず、いっしょに仲好くやっていたのだろう……五人組ではなく、おれを除いた四人で。仲間外れの、みそっかす気分。あの日、あのとき、羽田から到着したばかりの櫃洗空港で覚えた子どもじみた疎外感がいま、また甦《よみがえ》る。残酷なほど強烈に。

「……し、しかし、それはそれとしても、コウマには動機がある」

「動機とは、龍崎さんを殺害する？」

「もちろん。そしてやつには、そのチャンスもあった。事件当時コウマは、リュウショウのいちばん近くにいた人間なんだから」

「だとしても、それをチャンスと称するのは、いささか語弊があるのでは？」

「え？」

「仮に甲野藤さんが、龍崎さん殺害の機会を窺《うかが》っていたのだとしましょう。だとしたら、シティホテルの客室フロアの廊下でというのは犯行現場としては最悪の選択です。そうでしょう。いつ他の宿泊者や、従業員が通りかかるかもしれないのに」

「そりゃたしかにそうだけど、そんなことを言ったら、他の誰だって……」

「なによりも結婚式当日に実行しなければならない必然性があるとは思えない。仮にどうしてもその日にやり遂げなければならない、わりない事情があったのだとしても、披露宴の直前などという慌ただしいタイミングを狙わずとも、例えば夜まで待つとか、やりようはいくらでもあるでしょう。もっと安全、かつ確実なやり方が」

一拍置いて付け加えた。「もしも甲野藤さんが犯人であるのなら、ね」

「つまりコウマは犯人じゃない？　あんたが言いたいのはそういうこと？　だとしたら残された容疑者候補はハルコか、このおれくらいのものだよね。でも、ふたりとも犯行時には八階にはいなかった。どちらも時間的余裕がなかった、つまりアリバイがあるということを互いに保証し合えている。ま、あるいはおれたちふたりが共犯だ、なんてことを考えるやつもいるかもしれないけど。あいにく、やっていないよ、天地神明に誓って」

「たしかに甲野藤さん、安浪さん、そして寅谷さんの三人が容疑者候補に挙げられるのは致し方ない状況のようにも思える。ただし、それは龍崎さん殺害の動機が辻元奈苗さんという女性を巡る嫉妬と敵意である、と断定される限りにおいてです」

「というと、えと。動機はまったく別のことかもしれない、と？　例えば？」

「なにかお心当たりはありませんか」

「いいや。何度も言うようだけど当時、おれは地元には住んでいなかったからさ。リュウショウがなにか深刻なトラブルに巻き込まれていたのだとしても、そんなことはまったく知る由も……」

「龍崎さんのことではありません」

「え？」

「わたしがお訊きしているのは、寅谷さん、あなたのことです」

「は。え、えと……？」

「一九八八年当時のあなたは、例えば誰かから危害を加えられる恐れとか、なかったのでしょうか。深く怨まれたりしていなかったのでしょうか」

「ちょ、ちょっと待ってくれ。なんで。え。なんで？　なんでいきなりここで、おれの話になっちゃうの。殺されたのはリュウショウだぜ。おれじゃない」

「そのとおり。龍崎さんは、まちがわれてしまったのです」

「まちがわ……え。どういうこと？」

「ほんとうはあの日、犯人に襲われるはずだったのは寅谷さん、あなただった」

「おれが……え」驚くというより、きょとんとなる。「え。ええええ？」

「犯人の素性は不明です。が、確実なことがひとつある。それは寅谷さんがホテルにチェックインした直後、フロントを通じて八〇三号室へ館内電話をかけてきた人物こそが龍崎さんを殺した犯人である、ということ」

あまりにも突拍子もない仮説を淡々と展開され、こちらはただ茫然《ぼうぜん》となる。

「犯人はなんのために八〇三号室へ、そんな電話をかけてきたのか。それは標的である寅谷さんの在室を確認すると同時に、部屋番号を探り出すためだった」

「ひょうて……お、おれが？　標的？」

「犯人がどこから電話をかけてきていたのかは判りませんが、寅谷さんは八〇三号室にいると知るや、すぐさま八階へとやってきた。そして、ちょうど八〇三号室のドアの前にいた龍崎さんに背後から忍び寄り、刺殺した。彼が標的である寅谷さんだとすっかり、かんちがいしたまま」

「そんな、あ、あり得ない」

思わず声が裏返る。「あり得ないよ、そんなこと。どこのどいつか知らないけど、おれを殺そうとしていたのに、まちがえてリュウショウを刺してしまうなんて。そんな間抜けな。それともなにか？　背後から襲ったってことは犯人のやつ、リュウショウの顔を見ていなかった？　だから、ひとちがいしてしまったんだ、とでも……」

あくまでも静止画像並みの無表情のまま頷く相談員。「少なくとも犯人が龍崎さんと真正面から向かい合っていたとしたら、ひとちがいは起こらなかったでしょう」

「わざわざ言うようなことかそれ。あたりまえだよ、そんなの。犯人のやつ、これからひとをひとり殺そうっていう極限状況だったとはいえ、標的の顔の確認すら怠るほどテンパっていたのか？」

「焦っていたのではなく、顔を見ずとも、それが寅谷さんだと判別できたのです。少なくとも犯人は、できると思い込んでいた」

「なんで。なんで？　そりゃリュウショウとおれは背格好が似通っていなくもないが、後ろ姿とはいいえ、それほどそっくりってわけじゃ、決して……」

「目印があったのです、判別のための」

「めじるし……？」

「寅谷さんなら、これを持っているはずだという、ね」

うっと声が喉に詰まった。「これを持……って、お、おい、まさか」

「一九八八年開催のソウル・オリンピックのマスコット・キャラクター、ホドリのアップリケ付きのガーメントバッグを持っている男性、それが寅谷さんである、と。犯人はそれを目印にして、標的に襲いかかった」

腰が抜けそうになった。傾いた身体を立てなおそうとしたが、うまくいかない。ただ呻《うめ》き声が洩れる。

「このことから犯人は、寅谷さんの容姿をぼんやりとしか把握していなかった。そんなふうに考えられる。つまり寅谷さんのことを一応は知っているけれど、それほど深い付き合いはない。それでいて、問題の特徴的なガーメントバッグを持参したその日に〈ホテル・ヒッツ・パレス〉に宿泊予定であることは知っていた。そしてもっとも重要なのは、寅谷さんの客室番号と在室を確認するための館内電話で、犯人が辻元奈苗さんの名前を出したという事実です。それはいったい、なにを意味するのか。つまり寅谷さんがホテルへ来た目的が奈苗さんの結婚式に出席するためであることを承知しており、なおかつあなたの彼女に対する好意についてもおそらく把握していた、ということ。犯人の素性として導かれる人物像とは、だいたいそんなところです。如何ですか。これらの条件に当て嵌《は》まりそうな人物に、お心当たりは？」

＊

そりゃあそうよ、あんた。同じよそれは。地元でやんちゃする度胸の無いおじさんが、ちょいと遠出して、身内や知り合いに見咎められる心配のない土地で心置きなく遊ぶ。それとまったく同じ心理。

いくら見ず知らずの赤の他人たちを無作為に選ぶといったってさ、地元はやはりリスクが大きいでしょ。だからあたしも遠出をするわけよ。風俗巡り大好きおじさんと同じように。汽車やバスに乗ったり、ときには飛行機で。ええ。ひとっ飛び。

自分の趣味を満喫するために全国津々浦々を回って。そうよ。そうやってリスクを軽減するわけよ。そりゃそうでしょ。どうせ殺す相手は誰でもいいわけなんだからさ。どこでやったって変わらない。同じ欲望を満たせられるのならば、自分のことを知っているひとが誰もいない土地でやったほうが安全に決まっているでしょ。

用心深すぎる？　まあたしかに。通り魔的な無差別連続殺人なんだから動機は判りっこないし、被害者たちとは縁もゆかりもないこのあたしが疑われる心配なんてまず無い、と言ってもいいかもしれない。でもね、同じ生活圏でやんちゃしていたら、いつ如何なるきっかけで自分の存在が捜査線上に浮かんでくるか、保証の限りじゃないからね。そう。こればっかりは。

とにかく安全に、ことを運ぶ。何度も言うようだけど、遠出をして風俗で遊び倒すおじさんと同じよ。こんなあたしでも普段は平凡な娘のふりして、真面目に働いて。うん。レンタルビデオ店でね。そして、まとめて休みをとっては、まだ行ったことのない土地を目指す。獲物を探しに、ね。

え。なぜ。なぜって、どういう意味？　どうして見ず知らずの他人たち、しかも老若男女を問わずに殺して回るのか？　っていや、あんたね。さっきから言っているでしょ。性的サービスを求めて風俗店のスタンプラリーさながらに全国を嬉々として回ってるおじさんにさ、なぜそんなことをするんだ、とかってあんた、訊くわけ？　は？　まともな答えが返ってくるとでも思ってんの？　無意味でしょ、そんな質問。

それとも、この歳になっても変わらず続けていることが解せないの？　それも認識不足だわ、あんた。趣味ってね、そういうものでしょ、ええ。若くないと楽しめないってものじゃない。だから今回も堪能《たんのう》させてもらったわ。ええ。たっぷりと。

あ。そうそう。あたし実は櫃洗は初めてじゃなかったんだよね。いつもは同じ土地へは二度と行かないようにして、気をつけてはいるんだけどさ。まあ、たまにはいいでしょ。前回に来たのは三十四年近くも前だし。

でも、あのときはちょっと焦ったな。羽田からいっしょの飛行機だった若い男が、あたしのことを知っていやがってさ。

バイト先の店の客だったから、顔見知りなのは判っていたけれど、話してみると、あたしの趣味のこと、気づいているぞ、みたいな匂わせをしてくるんだ。げ。やばッ。

こいつは生かしちゃおけない、と。急遽《きゅうきょ》予定を変更して、その若い男が友だちの結婚式に出席する予定だと言っていたホテルへ向かった。そしてそこで、けっこうめだつマンガチックなデザインの虎のガーメントバッグを持って客室へ入ろうとしているそいつの首にナイフを、ぶっ刺してやった。

首尾よく口封じをしたものの、そいつはひとりじゃなかった。知り合いらしい若い男が駈け寄ってきたものだから、こいつも後ろからぶん殴っておいて、逃げた。できれば息の根を止めておきたかったんだけど、そのときエレベータのほうからひとの気配がしたもんでね。こっちの顔は見られていないようだったし、まあいいだろうと。仮に見られていたとしてもそいつ、知らない女だった、としか証言しようがないだろうし。

ああ、着いたついた。どうもありがと。じゃあね、お元気で。それにしてもあのトラさんに、こうしてまたお会いできて、ほんと、いい旅だった。縁起がよろしゅうございましたわ。ほほほ。

＊

白髪のおかっぱ頭とロイド眼鏡のおばちゃんは、おれの運転するタクシーから降りた。櫃洗空港の搭乗口へ向かう。

「あー、やれやれ。東京はいま頃、また増えているのかしらね、新規感染者」とか独りごちながら。

かと思うや、踵《きびす》を返して、とっとこ運転席へと戻ってきた……なぜか先刻まで着けていたはずの感染防止用マスクが外れていて、細く尖《とが》った三日月の如く反り返る唇の邪悪な笑みが、こちらへ迫ってくる。

「そうそう。言い忘れていたわね。あのさ、あれはあたしの名前じゃないんだよ。永木真都香っていうのはね、あたしの獲物のひとりだったのさ。あの朱色の手帳？　は彼女を殺して帰宅した後、たまたま部屋に置いてあった、言わば戦利品……」

そこで、はッと目が覚めた。ぎゃッとか、うおッとか我ながら獣じみた絶叫とともに布団を撥《は》ね除《の》け、跳び起きる。

ぜえぜえ、はあはあ。窒息寸前並みに息の荒いおれの全身は汗で、びっしょり。そして洩れる瀕死《ひんし》の呻き声。

焼けたトタン屋根の上

「そういえば最近はあんまり聞かないような気もするな、守銭奴とか。銭ゲバとか。そういう呼び方。ん。そうでもない？　ま、もちろんいまでも使うひとはさ、うん、使うんだろうけど」

スキットルからウイスキィを、ひとくち含んだわたしは吐息をつく。それが場ちがいなくらい甘ったるく切なげに響き、失笑してしまった。現状として当方、なにごとに対しても、とても笑っていられる余裕なぞない立場にいるのだが。

「しょせんこの世はお金がすべてよ、とか身も蓋もなく開きなおるつもりはない。さりとて、無いよりはあったほうがいい、なんて糖衣でくるむ式でお茶を濁したってしょうがない。いくらあっても困らない、じゃない。無いと困るんだよ。困るの、絶対。議論の余地なんかありません。それがお金ってもんで。そうでしょ。きみは絶対にいつか死ぬよ、って指摘されてさ、否定や反論ができるやつなんか、この世にいやしないでしょ。それと同じ。も、ぜんっぜん同じくらい動かし難い真理ってもんで。え、と」

再びスキットルを傾けかけていた手が無意識に止まった。「なんの話を、していたんでしたっけ」

そよ風に髪をなぶられながら、パイプ椅子にちょっと浅めに腰を掛けなおす。そんなわたしをモニター画面のなかから、その男が見返してきた。

「たしか、あなたのご子息についてのお話のようでしたが」

ここは、わたしが住んでいるマンション〈メゾン・ド・鳩場《はとば》〉から、徒歩数分の某コンビニの駐車場。

このところ四六時中、それこそ就寝時にベッドに横たわるときもトイレへ行くときにすらも手放せなくなっているスキットルへの補充用ウイスキィをまとめ買いしようと立ち寄り、それが眼に入った。地元のゆるキャラ、ヒツセンくんというアライグマもどきをアニメキャラクターっぽく模した人形で、その胸の辺りがモニター画面になっている。

櫃洗《ひつあらい》市役所のよろず相談窓口の臨時出張所だ。この新型コロナ禍のご時世、住民の各種お悩みごとにも対面ではなくリモート仕様で対応いたします、ということらしい。

コンビニの店内へ入りかけていた足をふと止め、そのヒツセンくんの前のパイプ椅子に座ってみるという気まぐれを起こしたのは、そのとき画面に映っている細身で丸メガネの男が一瞬、白昼夢に出現した亡霊のように見えたからだった。

なにこれ？　とても生身の人間とは思えないけど。あ。ひょっとしてCGキャラ？　にしては細部まで精密に、よく出来ているなあと、しげしげ覗《のぞ》き込んでいたら、ふいに「どのようなご相談でしょうか」と画面から問いかけられて、あらま、びっくり。

公的手続の書類の書き方などではなく個人的なトラブルの類いでもお気軽にどうぞ、と言われたのだが。現在のわたしの悩み、苦悩といえば、ただひとつ。ひとり息子の雅道《まさみち》のことだけである。いや。いや。

いや、まてよ。ほんの昨日、目の当たりにした、例の他殺死体。叔父の所有する〈麴《こうじ》コーポラス〉六〇一号室へ最初に行った際、そこにあったのはたしかに空閑《くが》虹子《にじこ》の遺体だった。にもかかわらず後で、その部屋へ戻ってみたらば、なんと、それが稲富阿佐美《いなとみあさみ》の遺体に入れ替わっていたではないか。あれはいったい、どういうことだったのだろう？　未《いま》だに皆目、見当がつかない。

眼前のモニター画面のなかの、ちょいと人間離れした独特のムードを漂わせる相談員の意見を乞うのなら、そっちの謎のほうが断然相応《ふさわ》しいような気もした。が、未だ警察にも打ち明けられていない身内の不祥事を、ここでわざわざ曝《さら》す真似《まね》に及ぶのも、なんだかなあ。とはいえ、もしも雅道のことを相談しようというのなら叔父の話題だって避けようがないわけで。

「判《わか》らなくなっちゃったんだよね、昨日から……なにもかもが。これまで半世紀以上も生きてきた人生のすべてを否定されたかのような気分、ていうか」

だらだらと我ながらとりとめなさげに喋《しゃべ》り続けるわたしだが一旦は、いや、市役所のひとに相談しなきゃいけないようなことなんてなんにも無いし、とパイプ椅子から立ち上がり、ヒッセンくんから離れていたのである。そしてコンビニで、いつもの有料レジ袋は今日は断り、スコッチのボトルを剝《む》き出しで、手に直接ぶら下げて店から出てきた。そのまま帰宅しようとしたつもりが、モニター画面の前のパイプ椅子が空っぽのままだったせいなのかなんなのか、ともかく吸い寄せられるかのように再びそこに座りなおし、ついついこうして腰を落ち着けてしまっている、という次第。

「ちょっと大袈裟《おおげさ》に聞こえるかもしれないけれど、ほんとに、これまで拠《よ》りどころにしてきた価値観を根こそぎ引っくり返されちゃった、みたいな」

「なにがあったのですか」

「息子が逮捕されたの。叔父を殺した、という容疑で……」

買ってきたばかりのスコッチを開ける。スキットルに注《つ》ぎ足した。手が震え、けっこうな量の液体を地面にこぼしてしまう。

「叔父というのはわたしの母の弟。だから、正確には大叔父だけどね、雅道にとっては。あ。雅道というのが、わたしの息子の名前。奴田原《ぬだはら》雅道」

「もしかして昨日、ご高齢の独り暮らしの男性が殺害されたという事件でしょうか。お名前はたしか濱住洋蔵《はますみようぞう》さん。被害者の親族だと名乗る三十歳の男が自分がやった、と自ら通報して、事件が発覚した、とか」

「そう。それ」

早くもわたしはこの話題を持ち出したことを後悔した。それは身内の不名誉を曝け出す恥辱ゆえなどではない。単にこれから説明しなければならない情報量の多さ、煩雑さに思いを馳《は》せ、うんざりしたからだ。

殺人事件の被害者である叔父だが実は彼自身、空閑虹子を殺《あや》めており、そのアリバイ工作の協力を求められたのが他ならぬこのわたしであること、とか。その偽装工作の途中で空閑虹子の遺体が消え、代わりに稲富阿佐美の遺体が新たに出現したこと、とか。

それらをすべて、うまくまとめて説明できるだろうか。頭のなかは酔いで濁り切っているというのに。すでにわたしは徒労感いっぱい。パニックになるというより、ヒステリックに笑い出したくなったりして。

「その件でまちがいないんだけど、よくあるかんちがいだけはしないでちょうだい。くれぐれも」

勢いよくスキットルを呷《あお》る。盛大なげっぷが出て、まだあまりひとけのない早朝の駐車場に鳴り響いた。

「息子がひとを殺めた。それだけでもとんでもないのに、その相手が赤の他人ではなく、親族。母方の叔父だとは。それはそれはさぞかしショックでしょう、ご心痛お察しいたします、みたいなリアクションはちょっと待って。ちがう。ちがうのよ。あなたが想像していることと、いまのわたしの胸の内はおそらく微妙にズレているはず」

「と、おっしゃいますと」

「たしかにショックよ。ええ。わたしは打ちのめされています。これ以上はないくらい。でもそのショックって雅道が洋蔵を殺したこと、それ自体に対して、ではない。そうじゃなくって、雅道が警察に、自分は大叔父を手にかけました、と言って自首したこと。その事実に驚き、動揺している」

「どういうことでしょう」

「誤解を恐れずに言えば、雅道が大叔父に害意や敵意を抱くこと自体は、さほど意外ではないんだ。その結果、洋蔵を手にかけるに至る事態だって可能性としてはあり得る。もちろんほんとに、やっちゃダメだけど。あくまでも可能性として。そんな恐ろしいこと、考えられもしません、というほどじゃないよって話。なぜならば、このわたし自身にしてからが、ことと次第によっては叔父に対して危害を加えかねない立場にあったから」

「それは、場合によっては奴田原さんご自身が叔父さまの命を奪うことも辞さなかった、という意味であると理解して差し支えありませんか。失礼。お名前は奴田原さんで、よろしかったでしょうか」

たとえ息子が奴田原姓であってもその母親が同じ苗字《みょうじ》だとは限らないので一応のご確認を、という配慮か。如何《いか》にもお役所っぽい律儀さですこと。

「あら、ごめんなさい。名乗りもせずに。奴田原結花《ゆか》です。はい。おっしゃるとおり、そういう意味」

「では結花さんが。失礼。ご子息と区別するために、下のお名前でお呼びしてもだいじょうぶでしょうか」

こんな定型的な遠慮ひとつ取っても、たしかに杓子定規《しゃくしじょうぎ》は杓子定規なんだけれども、その表情や声音が無機質すぎるせいなのだろうか、逆に心底親身になってくれているような気もして、なんだか不思議な心地になってくる。後から思えばわたしは、酔いに任せての一方的な愚痴の垂れ流しのつもりでその実、このときすでに相談員の男のペースに搦《から》め捕られていたのだろう。

「ご子息の雅道さんのみならず結花さんご自身が、まかりまちがえば叔父である濱住洋蔵氏へ害意を向けかねない状況であったのは、いったいどのような事情で？」

「ひとことで言えばお金。雅道とわたしは経済的に困窮する身で、洋蔵に依存していた。しかもかなり、というより、尋常じゃないくらい深く。根深く」

「少なくとも昨日の速報では、被害者の濱住洋蔵氏は独り暮らしとのことでしたが。同居されていたわけではない？」

「叔父とは同一空間を共有していないというだけで実質、居候の身分だった。ここから歩いてすぐの〈メゾン・ド・鳩場〉っていうマンション、ご存じ？　そこの三階。三〇三号室は叔父の所有なんだけど。雅道とわたしが住まわせてもらっていたの。無償で。ええ。タダで」

「家族構成は、おふたりですか」

「わたしの元旦那が女、つくって出ていったのが二十年くらい前だったかな。それ以来、ずっとシングルマザーなんだけど。雅道ったらもう三十にもなって未だに母親に、おんぶに抱っこ。いや、わたしも息子のことを、とやかくは言えない。こうして母子揃《そろ》って、叔父の脛《すね》を齧《かじ》っているありさまなんだもの。雅道が高校を中退して以降だから、もう十数年にもわたって」

「その間、ずっと無償で、濱住氏のマンションに？」

「最初こそがんばって月々の部屋代を払っていた。相場よりもかなり低めの、破格の額にしてもらって。けれど雅道もわたしもなかなか正規の仕事に就けなくって。やっとありついたパートや臨時を早々に馘首《くび》になっては再度ハローワーク通い、と延々そのくり返し。そこへきて、この新型コロナの打撃をもろに受け。この二年くらいはバイトもままならない。どうしようもないから、そこはなんというか、親戚の誼《よし》みで」

「家賃を免除してもらっていた」

「のみならず光熱費その他の諸経費も、ね。全部もともと叔父の口座からの引き落としで立て替えてもらっていた分を、最初のうちは月ごとに現金で直接支払いにいっていたんだけど。去年あたりから、それもままならなくなってしまって」

唇の端からウイスキィが、こぼれ落ちる。その雫《しずく》を拭った拍子に、風にぱたぱた揺れていた髪の毛が頬に貼りつく。その感触に自嘲的な忍び笑いが洩《も》れた。

「もう完全に、絵に描いたようなパラサイト母子と化していたってわけ、わたしたち。しかもここ最近は新型コロナだけじゃなくて、ロシアのウクライナ侵攻の影響で物価が上がりっぱなしなもので。いやもう、きついことときついこと。生活費もちょこちょこ恵んでもらうというていたらく」

「その現状について、濱住氏側のご家族や関係者の方々はどのような反応を？　なにか批判めいた意見とか、口出しをされたりはしなかったのですか」

「だって叔父には、もう他に誰も身寄りが残されていないもの。彼の姉、つまりわたしの母が他界した後は、わたしと雅道母子が唯一の縁者だった」

「濱住氏にはお子さまは」

「妻子は、いたことがない。厳密には若い頃に一度、結婚していたらしい。奥さんが性格的に問題があったとかで、後味の悪い別れ方をした、と聞いている。爾来《じらい》、叔父は二度と妻帯しなかった。もちろんわたしが知る限りでは、という意味で。もしもあの叔父に隠し子でもいたりしたら、うわお、びっくりだけれど、まあそれはまず、ね」

「あり得ない、と」

「ひゃくぱーせんと、ね。だからこそわたしたち、これだけ好き放題にパラサイトをやっていられたんだよ。叔父にとって、わたしは自分の娘、雅道は孫、みたいな感覚だったんだと思う。ただし、可愛《かわい》い、という形容詞を冠せられるかどうかは別として」

「これまでのお話を伺っているとどうも、雅道さんにも結花さんにも、積極的に濱住氏に危害を加えようという発想に至る要因なぞ皆無、かと思われるのですが。かように経済的に根深く依存している身としては、叔父さまには健康で長生きしていただくほうが、よっぽど好都合なのでは」

「うん。まさにそのとおり。ただし洋蔵が、血迷ったりしないでいてくれるなら、という注釈付きだけれど」

「血迷う、といいますと」

「直近だと元看護師の空閑虹子って女。叔父が骨折で入院したときに世話してもらったのが縁で親しくなったようなんだけど。まだ四十そこそこで、へたしたら自分の子ども並みの娘っこだよ。ときどき、やらかしちゃうんだ、叔父はそういう真似を」

「やらかしちゃう、というのは」

「だから女に入れ揚げるの。ちょっとでも脈がありそう、というか、自分に好意を示してくれる相手ならもう、天井知らずに舞い上がっちゃって。それでいて、女なら誰でもいいってわけでもないんだなこれが。自分と同年輩は対象外で、若くないとダメ。なぜなら自分の最期を看取って欲しいから」

最期を看取って欲しい……なにげなく発した自分のそのひとことに、きゅッと心臓のあたりでなにかが緊縮するような感覚が走り、胸苦しくなった。

「おいくつなのですか、濱住氏は」

「七十、にはまだなっていなかったっけ。六十八か、九」

「その彼にとって、若い女性というと、具体的には何歳くらいの方々を想定されているんでしょう」

「はっきり訊《き》いたことはないからなんとなくなイメージだけど、五十代はもうアウト、みたいな選別基準じゃない？　要するに、若ければ若いほどいいのよ。四十代どころか三十代、はては二十代であろうが、先方さえその気になってくれるのなら願ったり叶《かな》ったり。叔父にしてみれば自分がやがて死ぬとき、確実に傍《そば》にいてくれて、なおかつ末永く自分の墓を守ってくれるひとをご希望、ってことのようだから」

「自分の最期を看取り、そして墓を守って欲しい。その願いは普通、近しい親族、つまり結花さんとそのご子息に託すのが自然な流れのように思えますが」

「そのかたちでは正直、不本意というか、なにか業腹なものがあるんでしょうね、洋蔵にしてみれば」

ふと、叔父のことを「叔父」と「洋蔵」という下の名前とで呼び分けている自分に気づく。さほど他意があるわけではないだろうけれど、それまで意識していなかったせいか、母の弟である男に対する複雑な距離感をかかえる己れに改めて思い当たった。

「叔父はわたしのことを自分の娘のように、雅道のことを孫のように感じている。うん。それは多分ほんとうだと思う。だけど、ぶっちゃけ不満もあるわけよ。嘆きというか、ある種の怨《うら》み節というか。結局オレにはこんなできそこないのヤツらしか残されていないのかよ、みたいな。自分が死んだ後のすべてはコイツらが勝手に取り仕切ってしまうのか、と思うとなんとも落ち着かない、というか。だからもっと、ちゃんとした家族が欲しい。さらに具体的に言うならば……」

「配偶者が欲しい、と」

「内縁関係でもいいから、パートナーを求めている」

もはや厳密には「求めていた」と過去形にすべきかもしれないが、そんな細部に拘泥《こうでい》しても仕方がない。

「でもほんとうに欲しかったのは自分の子どもなんだよ。養子とかじゃなくて。血のつながった、ほんものの自分の子ども。それを産んでくれる女を求めていた。相手の女が若ければ若いほどいい、っていうのはそういう意味もある。かくも封建的な女性観についての議論はさて措《お》くとして、叔父も年齢が年齢だから、そういう気持ちを抱くこと自体はまあ理解できなくもない。加えて、男の性《さが》もあるんでしょ。どうせ付き合うなら少しでも若くてきれいな女がいい、という。そこも一歩も百歩も譲るとしても、だよ。少なくともおとなとしては最低限の節度ってものをわきまえてもらわなきゃ。ね。そうでしょ」

「節度とは、具体的には」

「要するに身の程を知れ、と。己れの分をわきまえてくれなきゃ困る。洋蔵ったら、どこからどう見ても身の丈に合わないような、ていうか、どう考えたってこのオンナ、本気なわけはない、アンタの財産狙いに決まってるでしょと。傍《はた》からすれば、後生だから正気に戻ってくれ、と叫びたくなるような相手にばっかり入れ込むんだよ。つまりそれが」

「血迷ってしまう、ということだと」

「たいていは、ほどなく冷めてくれるんだけどね。あれはやっぱり、結婚には一度、痛い目に遭っているから、なのかな」

「姪御《めいご》さんが案ずるほどには濱住氏も、女性に対して不用心でもなければ、無警戒でもないのかもしれない、と」

「付き合っているうちに女の地金も見えてくるんでしょ。でもね。必ず破局で終結してくれる、って保証はないわけじゃん。眩惑《げんわく》されたままの状態で、うっかり相手と籍を入れたりしちゃうかもしれないじゃない。そんな暴挙に及ばれたりしたら叔父が死んだとき、その遺産はどうなる？　誰が相続する？　その時点で洋蔵の配偶者だった女でしょ。ソイツが全部、根こそぎ持っていっちゃうわけだ。もちろん遺言書がない場合は姪であるわたしが代襲相続人として法定相続分はもらえるかもしれない。けれど遺言書があったら、その内容次第ではまったくもらえない可能性は高い。甥や姪が代襲相続人のときは遺留分は発生しないから。結果、相続権者リストから外れたわたしと雅道母子は路頭に迷うって寸法」

「ここらでざっくりまとめてみますと。結花さん母子と濱住氏との関係はおおむね良好である。けれども彼がいつ、なんどき、のぼせ上がった女性とその場の勢いで入籍してしまうやらもしれぬ。そのリスクは甚大で、おちおち安眠もできない。いっそ濱住氏には独身のうちに一刻も早く鬼籍に入ってくれたほうが、結花さんたちにとっては遺産の取りっぱぐれの恐れがなくなり、安心である。それゆえ濱住氏の身になにかあった場合、自分たち母子による加害行為を疑われても致し方なしなのである、と。ざっとそういった理解で、よろしいでしょうか」

喋っている内容はサスペンスドラマ程度には劇的なのに、相談員の口調がビジネスライクを通り越したある種、芸術的レベルな棒読みのせいで、そのギャップに、ついつい引き攣《つ》った笑いがこぼれてしまう。

「そうよ。はい。そういうことです」

「それほど剣呑《けんのん》な方向へ流れずとも、例えばご子息の雅道さんが、あるいは結花さんご本人が濱住氏と養子縁組をさせてもらうとか、そういう方法は」

「それは真っ先に打診してみましたとも、ええ。将来に備えて。叔父さん、ひとつ真剣に検討してみてくれませんか、って。でも洋蔵にそんな気持ちは、さらさら無いんだ。たしかに、わたしたちのことを養ってくれているし、愛情がまったく無いってわけでもないと思う。けれど彼のなかには、姪とその息子に対して埋められない溝がある」

「それはどうしてでしょう」

「特にわたしや雅道個人に気に喰《く》わない点があるとか、そういう問題じゃない。さっき、もっとちゃんとした家族が欲しい、という言い方をしたけれど、要するに洋蔵にとって姪とその息子はちゃんとした家族には該当しないし、仮に存命の親族が他にいたとしても条件的な面での優劣はさほど無い、ってこと。要するに、洋蔵は養子縁組なんかしたくないんだ。欲しいのはあくまでも自分の遺伝子を受け継いだ実子、ってわけ」

「なるほど」

「その目的のために眼の前で年がら年中、若い女の尻また尻を追いかけ回されてご覧なさい。も、鬱陶しいやら、やきもきさせられるやら。遺産相続ダービーになかなか思うように出走させてもらえない身としては、守銭奴と呼ばれようが銭ゲバと謗《そし》られようが、なんとか叔父がいまのうちに死んでくれないものかしら、って。四六時中、不謹慎な妄想にかられちまうってわけよ。ええ、まさに。いざとなれば自らの手を汚してでも、ね」

「下世話な質問で恐縮ですが。その殺意に見合うほど莫大《ばくだい》な財産をお持ちなのですか、濱住洋蔵氏は」

「ま、そこそこ。ずっとやもめ暮らしだった父親、つまりわたしの祖父が死んだ際、洋蔵はひとりでその遺産を相続したんだ。唯一のきょうだいだったわたしの母はその時点では存命だったのに、相続放棄しちゃったから。理由は未だに謎なんだけど、なにか実父とのあいだに深刻な確執があったみたい」

「お祖父《じい》さまが資産家だったのですか」

「いまにも倒壊しそうなボロ家に住んでいたんだけどね。ちょっと変わり者でさ、ひと付き合いが全然なかったため周囲は知らなかったんだけど、密《ひそ》かに黄金の延べ板のコレクションなんかしていたんだって。洋蔵にしてみれば棚からボタ餅というか。具体的な数字は知る由もないけれど、それまで堅実かつ地味な不動産業だった叔父が相続を境いに、週に三回は早朝ゴルフに興じておいてから出勤するようになったから、それなりの金額ではあったんでしょ。受け継いだ実家も、古い家屋はともかく立地は抜群だったから、豪華なフルリノベーションを施して、そちらに住むようになった。そのお蔭《かげ》で所有物件に空きがひとつ出来て、わたしたち母子がそこに住まわせてもらえている、という次第」

「すると濱住氏は、もともと〈メゾン・ド・鳩場〉にお住みだった？」

「そ。もう少し詳しく説明すると、洋蔵は別のマンションを購入したばかりだったのね、〈麴コーポラス〉っていう新築の。そこへ引っ越して、〈メゾン・ド・鳩場〉の部屋は売却するつもりだった。ところがそのタイミングで父親の遺産を相続して余裕ができたものだから、改築した実家を本宅にして。売る必要のなくなったマンションを、わたしたち母子にあてがってくれた、ってわけ」

「その際、新築購入したばかりだった〈麴コーポラス〉のほうはどうされたんです。転売したりせず、そのまま？　ならば結花さんと雅道さん母子はそちらへ入居させてもらう、という選択肢もあったのでは」

「当然そう思うよね、この話だけを聞いたらさ。わたしたちだって築三十年近い〈メゾン・ド・鳩場〉よりも、できれば真新しい物件のほうがよかったよ。でも残念ながら〈麴コーポラス〉の部屋は1LDKで。母子ふたりで住むとなると、いくら古かろうとも3LDKのほうにせざるを得ない」

「例えば結花さんは3LDKのほうに、ご子息が1LDKのほうに、と別々に暮らすというかたちも取れたのでは」

「それは端《はな》ッから念頭になかった。だってさあ、仮に思いついたとしても、だよ。どうせふたつとも空いているからってお持ちのマンションを両方とも使わせてくださいな、なんてそんな、ずうずうしいお願い、いくらこんなわたしでも気後れしちゃって、叔父には言い出せませんて」

もっともらしい釈明だけれど、これは全然正しくない。まったくの嘘《うそ》っぱちだ。

というのも、大叔父がマンションをふたつ所有していることを雅道は知らない。〈麴コーポラス〉の存在は息子には絶対に秘密にするよう、わたしが洋蔵に懇願、厳命していたからである。

世間一般的には母子癒着だのなんだの物議をかもしそうな案件だが、この際その類いの雑音はすべて甘んじて受け入れよう。はっきり言ってわたしは、いくら子離れできない母親だと批判されようがどうしようが雅道に独り暮らしなんかさせたくない。否、させられない。息子には絶対に眼の届くところにいてもらわないともう、いろんな意味で危なっかしくてしょうがない。

もしも雅道が、1LDKがひとつ空いているだなんて知ったが最後、そちらを自分に使わせてくれ、と大叔父にねだるに決まっている。洋蔵がそれを許可するかどうかは微妙なところで、公平に判断するなら却下される可能性のほうが若干高いものの、わたしとしてはどんなに小さかろうとも決してリスクを冒したくない。

「それに叔父は叔父で、空き物件には別の用途がいくらでもあるわけだし」

「別の用途？」

「いつの時代でも、どこの国に於《お》いても小金を持ったオトコの発想は、みんな同じ。女を囲うための隠れ家」

「結花さんにとっては、濱住氏がそういう、自由にできる部屋を確保している以上、彼がいつ、言うところの血迷った選択をしてしまうかもしれないとの懸念を払拭できないわけですね」

常に叔父の女性問題を憂慮している身としては、〈麴コーポラス〉六〇一号室を遊ばせておくほうがむしろ危険、という見方も当然できよう。洋蔵に、個人としての男性的魅力は皆無とまでは敢《あ》えて言わないでおくが、どう割り引いて評価しようとも、女性が彼に惹《ひ》き寄せられる筆頭要因が金であるという現実は否定しようがない。

現金や貴金属など女への経済的奉仕は多種多様なかたちを取り得るが、住居の提供はその最たるもの。自分の所有物件に空きがあれば、とりあえずそこに彼女を住まわせようと発想するのはごく自然な流れだ。従って〈麴コーポラス〉六〇一号室を、雅道かわたしが入居することであらかじめ潰しておく、というのは洋蔵の女性問題対策として、ひとつの有効な手段ではあるかもしれない。

だがそれだけで彼の女漁《あさ》りを完全に阻止できるかといえばもちろん、そうはいかない。本気で女を囲おうというなら自身の所有物件に拘泥せねばならぬ必要性などあるはずもなく、月々のお手当ての名目で、いくらでも賃貸物件をあてがえられる。そんな、確実には抑止力になり得ない手法と引き換えに息子に独り暮らしをさせるなんて、わたしにとっては論外中の論外だ。

「どうか神さま、くれぐれも濱住氏が変な女に眩惑されて愚かな行動に走ったりなんかしませんように、と祈らんばかりの思いで結花さんたちは日々、おちおち枕を高くして眠れない時間を過ごしておられたわけですね」

「とはまた、ずいぶんと無駄にドラマティックな表現だけど基本は、うん。大筋でそういうこと」

「当然、濱住氏に対する害意も密かに燻《くすぶ》り続けていた、と」

「だからって今日明日にでも叔父をなんとかしなきゃ、なんて思い詰めっぱなしだったわけでもないんだけど。不運にも、いろいろ条件やタイミングが重なってしまった場合は、最悪の選択肢を実行することを躊躇《ためら》わないだろうな、という予感はあった。常に、ね。これはおそらくわたしだけじゃなくて、息子も同じような心情だったんだろう、と思う。ええ。そこまでは判る」

「つまり、ご子息が大叔父さんを殺害してしまったこと自体は理解できる、と」

「少なくとも驚きはない。でも、わたしが納得できないのはその後。どうしてあの子は、自首なんかしてしまったのか」

「どういうことでしょう」

「って。いや、あのさ、あなた。どういうこともくそもないでしょ。首尾よく洋蔵を亡き者にしたところで、自分が逮捕されちゃったりしたら意味がないじゃない。大叔父が死んだら手に入るはずの遺産も、相続できなくなってしまうじゃない」

「さきほども、ちらっとその話が出ましたが。濱住氏は遺言書のほうは、どうされていたのでしょう」

「さて。どうだろう。生前にはその件について、詳しく訊いてみる機会はなかった。遺《のこ》しているのか、遺しているとしたらどういう内容なのか、これから調べてみないと判らない。これもさっき、ちらっと話に出たけど。甥や姪が代襲相続人の場合は遺留分は認められていないから、不安はある。けれどゼロではない可能性だって充分にあるんだ。それなりの金額が手に入るかもしれない。ね。わたしも、そして雅道も。なのに、そのとき肝心の本人が鉄格子の向こう側にいたんじゃ、なんにもならない。でしょ。そうでしょぉ？　娑婆《しゃば》にいてこそのお金じゃん」

「つまり、雅道さんが大叔父を殺害するのはいいとして、その後、自首なんかしている場合ではないぞ、と。そんな暇があるのならオマエ、創意工夫して、例えば犯行は自分以外の誰かの仕業であるという偽装工作のひとつでも、がんばって捏造《ねつぞう》してみせたらどうなんだ、と。結花さんがおっしゃりたいのは、そういうことでしょうか」

「そうだよ。まったくもって身も蓋もない言い方で恐縮でございますけれど、アナタさ、やるんだったらちゃんとバレないようにやりなさいよね、って話。小学生だってその程度の知恵が回らないはずはない。なのに、あの子ったら、どうしてこんな愚かな」

「それはやはり、己れの犯した罪の重さに耐えられなくなったからでは？　いくら金銭欲にかられるあまり、いっそ大叔父さまの命を奪ってしまおうかと常々妄想に耽《ふけ》っていたかもしれないとはいえ、実行してしまうのはまた全然、意味がちがう」

「ほら。はいはい。そこ。そこですよ。さっきわたしは、あなたに注意したでしょ。よくあるかんちがいだけはしないでくれ、と。くれぐれも、ね」

「どういうことでしょう」

「あの子のクズっぷりを知悉《ちしつ》している母親として言わせてもらうけど、雅道はそこまでヤワじゃありません。懺悔《ざんげ》なんかするくらいなら最初から、やったりしない。絶対に。それは断言できる。むしろ、オレは後悔なんかしないという揺るぎない信念があったからこそ洋蔵を殺せたんだよ。ね。そう考えるべきでしょ。当然、犯行後は自分が捕まらないようにする算段だってそれなりにしていたはず。なのに、いともあっさりと白旗を掲げちゃった。それこそなんの躊躇《ちゅうちょ》もなく、秒で。まるで、あらかじめ自首すると決めておいてから犯行に及んだかのような、そんな本末転倒さすら感じさせる淡白さでもって。それはいったい、なぜ。なぜなの？」

思わず熟柿《じゅくし》臭い涙声が洩れた。「わたし、判らない。これまで自分が信じてきたこと、拠りどころにしてきたこと、すべてをあっさり否定されちゃったかのようなこの気持ち。どうしたらいいの。ああああもう、どうしたらいいのよう、これ。なんにも判らないんだよう。どうしたらいいのか全然、判らない。まるで猫、トタン屋根の上の……」

我ながらわけの判らない単語を口走っているとさすがに気づいて、はて、と首を傾げてしまった。「……猫？　ってなんのこと。いや、わたしが言ったんでした。えと。なんだっけ。誰かから聞いたんだ、昔。日光で焼けたトタン屋根の上って熱さのあまり、呑気《のんき》でマイペースな猫も一カ所に留《とど》まって安眠することができない。そのぎゃんぎゃん暴れ回る姿から、じっと落ち着いていられず、理性を失ったかのような言動に走ってしまうひとの比喩として使われる……とかって話だったかな、たしか」

「もしかして『熱いトタン屋根の猫』のことでしょうか。『やけたトタン屋根の上の猫』とか邦題の訳例は何ヴァージョンかあるようですが。満たされない結婚生活に苦悩する米国南部の女性の姿を描いた、テネシー・ウィリアムズの戯曲ですね」

「ああ、それそれ。憶《おも》い出した。高校生のとき、国語の先生が授業中にその映画版のことを語っていたんだ。主演のエリザベス・テイラーのファンだったんだって。わたしは観《み》ていないけど。灼熱《しゃくねつ》のトタン屋根の上に放り出されたりしたらそりゃ猫だってゆっくり眠るどころか、めちゃくちゃ暴れまくるくらいしか為《な》す術《すべ》はないよね。その姿が、正気を失って他者の眼には理解不能な言動に走る人間に譬《たと》えられるというのがイメージとしてすごく判りやすくて、印象的だった……」

そういえば現在はこんな廃人同然のわたしも十代の頃は学生カバンにいつも文庫本を忍ばせているような文学少女だったなあと、ちょっぴり感傷的な気分に浸る。「そう。いまのわたしはまさしく、その猫なんだよ。息子の自首という超絶的に理解不能な出来事が、わたしを焼けたトタン屋根の上に放り出したんだ。熱い。熱くて死にそう。わたしはただもう、わけも判らず、屋根の上をぴょんぴょん、ぴょんぴょん、頭の螺子《ねじ》が吹っ飛んだかのように跳ね回るしかない。苦しい。苦しいよ。苦しくて死にそう。なんで。雅道はなんで、自首なんかしちゃったんだ」

「あるいは、そうしたほうが得策だと判断したから、かもしれない」

「は？」

スキットルを口もとへ運びかけていた手が止まる。「とくさくぅ？　って大叔父を殺したのはボクです、って自首することが？　なんで。なんでよ？」

「それはいろいろ考えられる。例えば通常、殺人事件が起こるとどうしても疑いの目を向けられがちなのは家族や親戚などの身内、そして被害者となんらかのかたちで利害関係にあった人物と相場が決まっている。濱住氏の姪孫《てっそん》であり、かつ経済的に依存していたご子息は、このどちらにも当て嵌《は》まる。つまり、いずれ嫌疑は免れ得ない。のであれば、公判対策その他諸々《もろもろ》の諸事情に鑑みて、自ら罪を認めておいたほうが長い目で見ればなにかと有利である、と。そんな計算を働かせたのかもしれません。ただし」

相談員の男は、口を開きかけたわたしを遮るかのようにそう続けた。「これはあくまでも雅道さんが、ほんとうに濱住氏を手にかけていた場合の話であって、彼が実際には犯行にかかわっていないのだとしたら、その限りではありません」

「実際には……え。雅道が実際には犯行にかかわっていない、って。洋蔵を殺してはいないかもしれない、ってこと？」

相談員の反応を待たずに、わたしは畳みかけた。「あなた、なに馬鹿なこと、言ってんの。そんなわけ、ないじゃん」

もしも雅道が洋蔵殺しに手を下していないのだとしたら、それがわたしにとって喜ぶべき可能性であることはまちがいない。だけどいくら仮説といったって、この世には限度ってものがある。その想定外というにはあまりにも能天気かつ非現実的なものいいに呆《あき》れるあまり、思わず特大スイカを砂浜から海へ向けて遠投でもするかのような勢いで、全力で否定してしまった。

「あり得ない。実際には殺してもいないのに自首なんかするわけないじゃん。ひょっとして、陳腐な刑事ドラマそこのけの厳しい取り調べシーンとかを想像してない？　その筋系かと見紛《みまが》うほどおっかないご面相の刑事に、おいこらネタは上がっとるんじゃボケ、さっさと白状しろや、とか凄《すご》まれてつい、なにもしていないのにボクがやりました、って口走っちゃうというあれを？

いえいえいえ。ちがう。ちがいますからね。雅道は、わざわざ洋蔵の家から通報して、警官に来てもらっているんだし」

「濱住氏の家というのは、ご尊父から受け継いで改築したという本宅のことですね。そこが犯行現場なのですか」

「どうやら。そういうことらしい。わたしが叔父の遺体と対面したのは、刑事さんたちに連れていかれた病院で、だったけれど」

これから司法解剖に回されるという。他に親族がいないのでその後わたしが遺体を引き取るしかないのだが、ただでさえ諸手続きで頭が痛いところへひとり息子が勾留中で、まだ面会もできない状況ときては、どうして自分もついでに死んでいないんだろうかと、つくづく恨めしい。

「普通なら身に覚えのない犯罪を自ら申し立てたりはしない。しかしそこになにか、抜き差しならぬ事情があれば話は別です」

「抜き差しならぬ？　って、なに」

「例えば真犯人を庇《かば》っている、とか」

「はあ……」

我ながら滑稽なくらい腑抜《ふぬ》けた声音。「ははあ。そういう。ね」

「雅道さんは、その人物が逮捕されるのを阻止しようとした、とか」

「それは例えば、誰？」

「ご子息が、我が身を挺《てい》してでも守らなければならない、と思い詰めるほどの人物といえば、条件的には自ずと限定されようかと存じますが」

へヘッ、と皮肉っぽく一蹴してやろうとして失敗する。「まさか」と返すつもりが「やっぱり」と口走りそうになっている己れに気づき、ちょっと狼狽《ろうばい》。

「ちがう。ちがうよ」

やっとの思いで、へらへらとそう笑ってみせた。「ちがうって。言っておくけど、やっていない。わたしはやっちゃいないよ。叔父を殺したりなんかしていない」

変な焦燥感とも脱力感ともつかぬものが込み上げてきて、それがなぜか厭味《いやみ》な笑いの衝動に拍車をかける。わたしは洋蔵を手にかけたりなんかしていない。そもそも叔父の死については、自宅へやってきた刑事たちから聞かされて初めて知ったくらいなのだ。しかし当方にはどれほど自明の理であろうとも、画面のなかの相談員にとってはそうではない。加えてわたしはたったいま、濱住洋蔵殺害に関して疑われても仕方のない立場であると自ら、はっきり表明したばかりとくる。

まいったなこりゃ。こんな情性欠如すら疑われるＡＩみたいな男を相手どって、叔父殺しはわたしの犯行ではありません、と論理的に立証することは果たして可能であろうか。どんなに強固なアリバイを提示しようが、あえなく論破されそうな気がする。そんな戯画的な不条理感を持て余していると相談員は、あっさりこう言った。

「別にあなたが濱住氏を殺害したなどと断罪する意図はありませんので、どうか誤解なきよう。そうではなくて問題は、雅道さんが濱住氏の死をどう捉えたのか、です」

「どう捉えた？　のか、って」

「大叔父さんが亡くなった。しかも誰かに殺されて。そうと知った雅道さんは、とっさにこう考えたのかもしれない。これはひょっとして魔が差したお母さんが？　と」

もとより男の要点は誤解しようもないが、こちらはただ、ぽかーん、である。

「母親が逮捕されるのを阻止しようと、やったのは自分だと警察に通報した。そんな背景があるのかもしれない。もちろんこれはご子息がほんとうに犯行にはいっさいかかわっていないにもかかわらず敢えて自首したのだとしたらどういう理由が考えられるだろうかという、ひとつの例に過ぎませんが」

「いや、言いたいことは判る。判るよ。判るんだけどさあ……」

スキットルを口もとへ運びかけては止《や》め、止めては運びかける動作を何度も何度も反復している己れに気づき、思わず嘆息してしまった。がぶりとウイスキィを大量に喉に流し込んだ拍子に、げほがほ噎《む》せる。

「でも、なんで？　あの子ったらなんで、そんなとんでもない、かんちがいを」

「なにかお心当たりとかは」

「そんなもの、もしもあるんだったら、とっくに自分で……」

スキットルが空になる。いちいち補充するのもめんどくさい。いっそボトルから直接、と危うく呷りかけた。が、辺りにひとけは無いとはいえ、ここは屋外。どこから見られているか判らない公共の場でウイスキィのラッパ飲みとはさすがに如何《いかが》なものかと、なんとか思い留まった。まあそもそもこんなふうに酒瓶やスキットルを戸外で弄んでいる時点でアウトというか、付近の住民に通報されても文句は言えない不審者認定なのだが。

「だったらさあ、考えてみてよ、あなたが。もしもあるのだとしたら、だけど、その理由とやらを。ねえ。どうして雅道は、やってもいない犯罪を自白したりしたのか。教えてちょうだい。そのための相談員でしょ」

「もちろん。ただ現時点では、いささかデータ不足の感は否めないかと」

「データって、どういう」

「濱住洋蔵氏殺害事件に関する詳細はもちろん、被害者の個人情報、特に身内にしか知り得ない内情は少なからずあるでしょう。そのなかでも直接的、間接的に事件に関連しそうな事柄を結花さんの視点で取捨選択してご提供いただければ。はい。なにかとっかかりになるかもしれない、かと存じますが」

「身内にしか知り得ない……」

つまりこの際、判断材料となりそうな情報は洗いざらいぶちまけておきなさいね、ってことですか。できればおおやけにはしたくないと、こちらが出し渋っている不名誉な類いの事柄も含めて。

もちろん当然といえば当然すぎる要請ではある。とどのつまり、こちらは教えを乞う立場で、譬えて言うなら、代行でお買物を頼んでおきながらその支払い用の代金を手渡さない、っていうのは筋が通らない理屈だ。それは判る。よく判るんだけれど……ふと、なんだか巧妙な罠《わな》にまんまと嵌められたかのような、そんな奇妙な感覚に囚《とら》われた。

ひょっとして雅道が犯行にかかわっていない可能性云々《うんぬん》って、検討すべき仮説という以前にこのわたしへ向けられた、単なる誘い水だったのでは？　相談員の男の狙いは、こちらが喰いつきそうな餌をさりげなくばら蒔《ま》いては事件に関する供述を少しずつ、連鎖式に引き出しやすくすることにある……そう考えるのは穿《うが》ち過ぎかしら。いや。

いや、あり得る。この閉鎖状況設定のＳＦ映画に登場する、人間グループのなかにひとりだけ紛れ込んだアンドロイドみたく不気味な雰囲気を湛《たた》える男ならその程度の策謀、図りかねない。こうして相手のペースに乗せられたまま喋り続ければ喋り続けるほど、土壺《どつぼ》に嵌まって引き返せなくなる予感がしたけれど、いまさらわたしに失うものなどなにも無い。ええい、ままよ。

「ねえ、あなた。市役所の相談窓口ってことはさ、公務員なんだよね、一応？」

男は頷《うなず》いた。いや、頷いたようだったが、動きが小さいのと無表情のせいで、静止画像に一瞬トラッキングノイズが走ったかのようにしか見えない。

「じゃあ、クライアントの守秘義務とかもあるんだよね、当然」

再び頷いて寄越した。今度は、録画ビデオのコマ送り程度には明瞭に。

「え、と。なにをどこまで詳しく話したものか、迷うけど。とにかく昨日。昨日の朝のことから始めましょっか」

昨日とは二〇二二年、五月二日の月曜日。暦の上では平日で、ゴールデンウィークの後半に入る直前。

「朝の、あれはまだ四時前だった。わたしは自宅で、ぐっすり眠り込んでいるところを、電話で叩《たた》き起こされて」

わたしのスマホではなく〈メゾン・ド・鳩場〉三〇三号室の固定電話のほうだ。「ちなみにその電話料金もわたしじゃなくて、叔父が払っていたんだけどね」

寝惚《ねぼ》けまなこでベッドの枕元の子機を手に取り、(もひもひ?)と耳に当ててみるとその叔父、濱住洋蔵からだ。

「こんな時間にどうしたの、って訊いたらいきなり、すまんが、いまからすぐにうちへ来てくれ、なんて言うの」

その「うち」とは当然叔父の枡丘《ますおか》町の本宅のほうだという前提でしばし耳を傾けていたのだが、どうも話が嚙《か》み合わない。

「よくよく聞いているうちにようやく、自宅じゃなくて〈麴コーポラス〉のほうへ来てくれ、と叔父が訴え続けているんだってことに思い至ってさ。はあ?　よ、もう。いや、仮に本宅のほうへ来てくれって話であったとしても、はあ?　に変わりはないけどさ。丑三《うしみ》つ刻《どき》はちょっと過ぎちゃっているけど、こんな草木もお睡《ねむ》りあそばしている時間帯にいったい全体、なにごと?」

それってわたしが行かないといけないようなこと?　だとしても夜が明けるまで待てないの?　なにがあったのよそもそも?　いくらそう問い質《ただ》しても電話ではいっこうに説明してくれようとはしない洋蔵。とにかく来てくれ、いや、すぐに来い、の一点張り。

「そこまで言われたら、こちとら無償で住居を提供してもらっている身、とても抗《あらが》い切れないわけで。それに、叔父がわざわざ固定電話にかけてきたというのも、ちょっと気になった。ひょっとして、スマホのほうだと泥酔したわたしがマナーモードにしていて目を覚まさないかもしれないと危ぶんだのかしら、って。つまり、それだけ確実に連絡をとらなきゃと切羽詰まっているのだとしたら、これはよっぽどの緊急事態かもしれない、と。そんな好奇心も湧いてきた」

判った、すぐに行くから、ちょっと待っていてねと電話を切ろうとしたら、洋蔵はひとこと。

（車では来るなよ）

「結花さんは車をお持ちなのですか」

「叔父が三台所有しているうちの一台を、うちが使わせてもらっていたんだ。言わずもがなだけど、月々のマンション敷地内駐車場代はもちろん、自賠責保険やら自動車税もすべてあちら持ちで」

釘《くぎ》を刺してきた叔父の真意はともかく、わたしには最初から車を運転するつもりなどさらさらなかった。前夜からの酒が、まだ半端なく残っていたからだ。

「どれくらい離れているのですか、結花さんが住んでいる〈メゾン・ド・鳩場〉から、その〈麴コーポラス〉まで」

「二十分くらいはかかるけれど別に歩いていけないほどの距離でもない。だけど洋蔵ったら、のんびり歩いたりしないで一刻も早く来い、タクシーを拾えと、こうきちゃう。なんなのよもう。ああしろこうしろって、やかましいったら。こんな時間帯にそうそう簡単に流しのタクシーなんか、つかまえられるもんですか。かといって時間帯が時間帯だからバスも路面電車も走っていないし」

「で、どうされたのですか」

「電話でタクシーを呼んだ。他にどうしようもないじゃん」

寝室を出て玄関へ向かおうとすると、ちょうどトイレから雅道が、水を流す音とともに出てくるところだった。電話のベルで眠りを妨げられたのだろう、しきりにあくびを洩らしながら（どうしたの）と如何にも、おざなりに訊いてくる。

（ちょっと、ね。召集令状が届いたから、一刻も早く馳せ参じなきゃ）

という、せいいっぱい洒落《しゃれ》のめしたつもりのこちらの答えなんか、息子はまともに聞いちゃいない。頭を掻《か》きかき、自分の部屋へ引っ込んだ……と思ったら。

それと入れ替わりに若い娘が廊下へ、のそのそ出てきたものだから、驚いた。

（あ、ども。お邪魔してまーす）

悪びれもせずに、しんねり長い髪を掻き上げる。朧《おぼろ》な常夜灯のなかに浮かび上がるそのむっちりとした肉置《ししお》きの半裸姿は、こういう表現が適切かどうか判らないのだが、まるでたったいまセクシー系ビデオの撮影を終えたばかりみたいにけだるげで、かつ生々しい存在感に溢《あふ》れている。

最近、付き合い始めたとか言っていた雅道の彼女で、名前は稲富阿佐美。中学校時代に同じ卓球部で、一学年後輩だったとか。雅道の卒業後は疎遠になっていたのが、年明けにバイト先のファストフード店で再会し、意気投合したらしい。しげしげ眺め回す当方を尻目に、阿佐美はトイレに引っ込んだ。

「ご子息はそんなふうに、交際中の女性を自宅マンションに泊めたりすることが、よくあるのですか。つまり、お母さまが在宅であるにもかかわずに？」

「さあ、どうだろ。自宅へ招くどころか、まともに女の子と付き合うこと自体、それが初めて、くらいだったんじゃないかな。それほどヤワじゃないとさっき擁護したけど、そっち方面に関しては、けっこうヘタレな子だから。もちろんわたしが把握していなかっただけで実は陰でぶいぶい言わせていたのかも、だけど。どのみち息子が、いくら女を自宅へ連れ込もうがどうしようが、年がら年中、酔っぱらっている母親はそれに気づきもしなかっただろうし」

〈メゾン・ド・鳩場〉の共同玄関を出るのとほぼ同時にタクシーが到着したので、そこそこは迅速に駈《か》けつけられたはずなのだが、それでも〈麴コーポラス〉へ行ってみると叔父は、まるでたっぷり一両日は待ち侘《わ》びてでもいたかのような形相でわたしを室内へ、あたふた招き入れた。

「結花さんがそちらのマンションへ行かれたのは、それが初めてですか」

「購入直後に一度、どんな家具を入れたらいいかの相談のため、招かれたことがある。その段階では洋蔵も、そこに自分で住むつもりだったから。笑っちゃったのは、玄関ドアのインタホンのところに、ちょっと装飾過剰というか、如何にもお金かけてますアピール満載の『濱住』ってネームプレートを埋め込んだりしていてさ」

あんまりお洒落でもないし、はっきり言って成金趣味丸出し。わたしだったら外して表札は無しにするか、あるいはもっと簡素なものに取り換えるけどね、と叔父にさりげなくアドバイスしておいたのだが。

昨日の朝、行ってみたらくだんの『濱住』のネームプレートがそのままだったので、てっきり六〇一号室には誰も住んでいないのものと、そのときは思った。もしも誰か女が入居しているのなら、こんな悪趣味なネームプレート、即座に取り外しているだろう。

内心そう苦笑いしつつ、玄関口で靴を脱いでいるわたしに、洋蔵は血走った眼で詰め寄ってきた。

（いいか。これからなにも訊かずに、おれの言うとおりにしてくれ）

威圧的に底光りしていながら同時に、失神していないのが不思議なくらい虚《うつ》ろなその双眸《そうぼう》に恐れをなしたわたしは、脊髄《せきずい》反射的に頷いていた。

(くれぐれも大きな声を出すなよ。いいな。判ったな)

「そう釘を刺されて、こくこく馬鹿みたいに頷いて返したんだけれど。リビングの床に女が倒れているのを目の当たりにしたときはさすがに、ひゅッと声が出た」

踏み潰された蛙《かえる》さながらの呻《うめ》き声に自分で驚き、慌てて両掌《りょうて》で口を覆った。

「そこに普通に寝ているんじゃないのは明らかだった。まるで横倒しにされたマネキン人形みたいに、不自然な体勢で固まったまま。ぴくり、ともしない。ひとめで、これはただごとじゃない、と察した」

後から思えばよくもまあ、あんな行動をとれたものだと我ながら呆れるが、わたしは無意識に跪《ひざまず》き、倒れている女の手首に触れた。そしてその顔面に掌《てのひら》をかざす。

「脈がない。全然。息もしていなかった。眼前には正真正銘、人間の遺体が横たわっている。その光景よりもなによりもわたしがいちばんびっくりしたのは、その女が空閑虹子だった、という事実」

「さきほどもちらっと、その名前が出てきましたね。元看護師の方だとか」

「入院中の叔父を見舞いにいった際に、わたしも彼女とは何度か顔を合わせたことがあった。そのときの印象は、物腰は柔らかいけれど我の強そうなひとだなあ、という感じ。こういうタイプにぐいぐい迫ってこられたりしたら洋蔵なんぞはイチコロだろうなあ、と心配していたら、はい正解。案の定」

「どうやら濱住氏の退院後、親しく付き合うようになっていた」

「いま思えば、虹子が仕事を辞めたのは叔父にくどかれたから、だったのかもね。ナースも激務で年齢を重ねるごとにきつくなってくるだろうから、おれが養ってやるよ、みたいなノリで。愛人にして〈麴コーポラス〉六〇一号室に住まわせていた」

まてよ。洋蔵は独身だったし、空閑虹子だってわたしが知る限りでは既婚者ではなかったはず。だとすると「愛人」と称するのは語義的に正しくないような気もしたが、まあいいか。そんな細かい定義は。

要は、虹子も1LDKのマンションをあてがわれるかたちで経済的に洋蔵に依存していた、ってことだ。このわたしと雅道母子と同じように。

「虹子の頸部《けいぶ》には赤黒い斑点《はんてん》のような痣《あざ》が出来ていた。詳しいことは判らないものの、首を絞められたんだな、と察した。これ、叔父さんがやったの？　って科白《せりふ》が喉の奥まで、せり上がってきた。でも、なにも訊くなと言われていたからじゃないけれど。結局、怖くて口に出せなかった」

（これから空港へ行く。結花もいっしょに来てくれ）

唐突に洋蔵にそう言われてもわたしは全然ぴんとこず、しばし、ぽかんとしていた。フローリングの床につけていた両膝をやっとこさ浮かし、立ち上がる。

（え……え。なんですって？）

（空港だよ。空港。これからおれといっしょに櫃洗空港へ行くんだ）

「いきなり予想外の指示をされて、こちらは大混乱。話をまとめると、洋蔵は彼女といっしょにハワイ旅行へゆく予定を立てていた、って言うの。ほら。ずっとコロナ禍の自粛また自粛の期間が続いていたけれど、今年は三年ぶりに行動制限なしのゴールデンウイークでしょ。昨日の朝、羽田《はねだ》行きの始発で上京、そこで一泊してからハワイへと。ざっとそういうプランだったらしい」

「そんな早朝に濱住氏が空閑虹子さんといっしょにそこにいたのは、その前夜、彼が〈麴コーポラス〉へ泊まりにきていた、ということでしょうか」

「多分そんなところ。そこでふたりのあいだでなにか感情的ないきちがいが生じて、深刻な諍《いさか》いに発展。結果、洋蔵は彼女の首を絞めて、殺してしまった。本来ならばすぐに通報しなければならない立場である叔父は、とっさに自己保身のためのアリバイ工作を思いつく。わたしに電話してきたのは、その協力を要請するためだった。正確には要請というより、強要だけど」

　せっつくような早口で、わたしに、というよりも自分自身に言い聞かせるかのような調子で洋蔵が説明した偽装工作シナリオは、ざっとこんな具合。

「先《ま》ずわたしが指示されたのは、これから空閑虹子のふりをして行動しろと。って、いやいや。まあまあまあ。お待ちになって。いろいろツッコミたいことが多々おありでしょうけれどそれは、しばし措いといて。とりあえず最後まで聞いてちょうだいな。虹子に化けたわたしは洋蔵といっしょに空港へ向かいます。如何にもワケありふうな歳《とし》の差カップルを装って。さりげなく痴話喧《げん》嘩《か》めいたやりとりを周囲に印象づけておいてから、搭乗間際に、虹子のふりをしたわたしは洋蔵をひとりそこへ残して憤然と空港を後にする。洋蔵のほうはそれを追いかけもせずに予定通り、ひとりで羽田行きの飛行機に乗り込む」

「濱住氏はそのまま東京へ向かう。いっぽう偽虹子であるあなたは、タクシーで〈麴コーポラス〉へ取って返す。ざっと、そういう段取りですか」

「ご明察。こうして、虹子が殺されたのは一旦空港へ行っていた彼女がひとりでマンションへ戻ってきた後だった、という状況を捏造する。それによって、犯行時間帯には機上のひとだった洋蔵に鉄壁のアリバイができる、って寸法」

説明しながら、どうもこれは昔、テレビで観た某海外ミステリドラマとまるで同じ筋書きだぞ、と思い当たった。叔父も当該エピソードを知っていて、意識的にか無意識的にかはともかくその模倣をしたんじゃないか、という気がしたが、酔いのせいかどうしてもそのタイトルが浮かんでこない。

「わたしは〈麴コーポラス〉へ戻って変装を解き、室内を強盗かなにかが物色したような痕跡をつくっておいて、現場から立ち去る。そして、放置された虹子の遺体は洋蔵が発見する、という手筈《てはず》」

「ハワイから戻ってきて？」

「一応は羽田まで行ったものの、やっぱり虹子と仲直りしておいたほうがいいと頭が冷えた洋蔵は、すぐにいちばん早い櫃洗行きの飛行機で引き返してきて〈麴コーポラス〉へ直行する、と。叔父が描いていたのは、ざっとそういうシナリオ。はい、以上。とりあえず付け焼き刃的な偽装工作プランの概要はお伝えしたので、これからツッコミ諸々を受け付けいたします」

「では先ず、どなたも気になるであろう最重要ポイントから。虹子さんのふりをする、と簡単におっしゃいますが、彼女と結花さんはそんなに外見が似ているのですか」

「ぜんっぜん。わたしがこのとおり、ちんちくりんなのとは大ちがい。虹子は手足のすらりとしたナイスバディでさ。顔も体型も髪の長さまで笑っちゃうくらい対照的。だいたいなんの刑事ドラマに感化されたのか知らないけど、演技経験もなにもないただのシロートにいきなり、さあ、これから他人に成りすまして周囲のひとたちを欺きなさい、なんて言ったって、できるわけないじゃん。しかも例えばそれらしいカツラとかメイクとか変装用小道具でもあればまだしも、そんなものもいっさい無し。姑息《こそく》にもほどがある。馬鹿な考えはさっさと捨てて、警察に通報してちょうだいと。そう諭そうとしたんだけど」

「濱住氏には聞き入れてもらえなかった」

「叔父の言い分はこう。老若男女、みんながみんな大きな感染防止用マスクで顔を覆って闊歩《かっぽ》しているこのコロナ禍の折、どれが誰なのかの区別なんてそう簡単につくもんかと。オレに必要なのは、空港へ同行した女がいたこと。そしてその女が痴話喧嘩の挙げ句に怒って、飛行機には乗らずに〈麴コーポラス〉へ帰ってしまったという状況。このふたつさえ、でっち上げればそれでいいいんだ。後で警察に事情聴取されても、空港へ同行したのは空閑虹子でまちがいない、とオレが主張すればそれを覆せる証拠なんか出てこない。とまあ、こんな調子。心底そう楽観視していたかどうかはともかく洋蔵は、とにかく絶対にうまくいくんだ、と頑として譲らない」

「実際問題、虹子さんとあなたとでは髪形すらも異なっているというのに」

「でもそれも、帽子でも被《かぶ》ればごまかせる、問題ないと言い張ってさ。むちゃくちゃなんだけど、これはもう、どんなに理詰めで翻意させようとしても無理だな、と」

「結花さんは諦めて、濱住氏に協力することにした？」

わたしは頷いた。「ただし、虹子の服を着ることだけは断固、拒否したけど」

「服、といいますと」

「あろうことか洋蔵は、虹子が着ている服を脱がして、それを着ろと言うのよ、このわたしに。床に横たわっている遺体から剝ぎ取って、よ？　できるわけないじゃん、そんな冒瀆的でおぞましい真似なんか」

「どうしてその服なのでしょう」

「え？」

「虹子さんに化ける、という目的のためならば、そのとき彼女が身に着けていたものに特にこだわる必要もないのでは。室内のクローゼットや収納に他の服がいくらでもあるでしょう。そこから適当に選んでも、なんら差し支えないように思えますが」

「それは第三者の見方であって、洋蔵には洋蔵のこだわりがあったんでしょ。やっぱり虹子自身が、わざわざ旅行用に選んでいた装いなんだから、それじゃないとダメだ、みたいな。そんな思い込みに囚われていたんじゃないの。なにしろ叔父は殺人を犯した直後という、精神的にもある種の極限状態に陥っていて融通が利かない、というか自分でも、わけ判んなくなっていただろうし」

ともかく、なにがなんでも虹子の遺体から服を脱がしてそれを着用しろと言うのなら、いくら叔父さんの頼みとはいえ、いっさい協力はしない、いますぐ警察へ駈け込む。そう抵抗すると、さすがに洋蔵もそれ以上の強要はしてこなかった。

「マスクを着け、クロッシェって言うんだっけ、ツバの狭い帽子を被り、サングラスをかけて。そこそこの変装を。というか、わたしにしてみればとても変装などとは評せないレベルなんだけれど」

「帽子とサングラス。そんなものを、その場で調達できたのですか」

「洋蔵の持ちもの。両方とも」

「持参していたのですか、濱住氏が」

「ハワイへ行くつもりだったからでしょ。スーツケースにいろいろ入ってた。そのなかから借りて。顔を隠したわたしは虹子が準備していたキャリーバッグを持って、櫃洗空港へ向かう叔父に付いていった」

あらかじめ指示されていた通り、タクシーのなかでは終始、洋蔵とのあいだに不穏かつ険悪そうな空気が流れているというお芝居にこれ努める。偽装工作の一環として運転手に印象づけるためだが、そうそうアドリブで喧嘩中のカップルの演技なんてうまくできるわけがない。本来ならば取るに足らない内容を必要以上にぼそぼそ低い声音で、さも怒ったような調子で発することで、なんとか乗り切ろうとしたのだが。

「ひとつだけ、芝居っけ抜きで頭にきた。それは、空港から〈麹コーポラス〉へ引き返したら、そこから立ち去る前に室内が物色されたかのように荒らしておけ、って洋蔵に言われたこと」

「それは、ふたりでタクシーに乗った後で初めて、その指示をされたのですか」

「そうなのよ。え。なにそれって。もちろんわたし、その後すぐに空港からマンションへ戻るつもりではいたよ。虹子が生きているものとして、その行動を自分がなぞっておかなきゃいけないんだから。帰宅する姿を〈麹コーポラス〉の防犯カメラ映像にしっかり収めておくところまでは、ちゃんとやろうと思ってた。でもさ、できれば殺人現場なんかへ舞い戻りたくない、ってのが偽らざる本音なわけで。お義理に部屋へ入ったら速攻、変装を解いて遁走《とんそう》するつもりだった。遺体が横たわっているそのすぐ横でのんびり、強盗が押し入ったかのような痕跡をつくったりしている場合じゃない、っつうの」

「その作業は、できれば空港へ向かう前に済ませておくべきでしたね。もちろん濱住氏ご自身の手で」

「そのとおり。できることならいまからでも洋蔵をそこに正座させて小一時間、説教したいくらいだよ。でもそのときは、いくら文句を垂れ募っても無駄。乗りかかった船ってやつだから。その時点ではもういまさら洋蔵がいっしょに空港から〈麴コーポラス〉へ引き返すわけにもいかない以上、現場の偽装工作はわたしがひとりでやるしかない」

怒髪天を衝《つ》いたそのお蔭というと皮肉だけれど、空港に到着した後のわたしは芝居っけなどまったく抜き。叔父に対して素で、きつく接することができた。

「コーヒースタンドを舞台にして典型的な痴話喧嘩を演じた。もろ周囲の客や従業員たちに聞こえよがしに。もうイイわ、知らない、アンタひとりでハワイにでもどこへでも行ってきなさいよ、ってオーバーアクション気味な捨て科白を残してわたしは再びタクシー乗場へ。打ち合わせ通りに、ひとりで〈麴コーポラス〉へ取って返した」

車中、ひとりになったら多少は気が楽になるかと思いきや、不安や苛《いら》立《だ》ちをぶつける相手、すなわち洋蔵がいなくなった分、逆に腹立たしさが膨張する。まだこれから〈麴コーポラス〉へ寄って、室内が殺人犯によって物色されたという偽装を施しておかないとお役御免とはいかないのだと思うと憂鬱で、叔父に対する怒りがふつふつと。

まったく。いったい全体、彼女とどんないきちがいがあったのか知らないが、ひととして、いちばんやっちゃいけないこと、やらかしてくれちゃって。歳甲斐《としがい》もなく若い女に入れ揚げたりするからだよ、もう。

「でも、そんな忌まいましい気持ちを抱く余裕があったのも〈麹コーポラス〉へ戻ってくるまでだった。六〇一号室へ上がって、さてと。強盗が押し入ったかのように見せかけるには、どこをどんなふうにすればいいのか。とりあえず寝室の収納からいろいろ物を引きずり出して、床にぶちまけておくとか？　虹子の旅行用キャリーバッグは荷造りされた状態のままにしておいたほうがいいわよね、とか。あれこれ思案に暮れながら、リビングの遺体はなるべく見ないようにしていた。なるべく、ね。でも、そうは言ったって室内はさして広大でもない空間だもの。眼を逸《そ》らせ続けるのにも限度がある。うっかり遺体が、ちらっと視界の隅っこに入ってきてしまったとき、ふと……ふと違和感を覚えた」

「それはどのような」

「ん。あれ？　服の色がちがっているような気がする……という。その点に真っ先に引っかかった。それと、一瞬しか眼に入らなかったけれど、あんなふうに、ぶわーっと特大の蜘蛛《くも》の巣みたく髪の毛が床いっぱいに拡《ひろ》がっていたっけ？　たしかに彼女、髪はわたしより長かったけれど、あそこまでロングじゃなかったような気が……と。ぞわぞわ恐怖めいた不安が湧いてきて」

わたしは身体《からだ》の向きを変え、前屈《まえかが》みの姿勢で遺体を凝視した。思い切ってそうした、のではなく、なにか不可視な力でそちらのほうへ引っ張られるような感覚で。すると床に仰臥《ぎょうが》しているその遺体は明らかに、空閑虹子ではなかったのである。

「では、誰だったのですか」

「とっさには判らなかった。え。なに？　これは誰、なにごと、ってパニックになっちゃって。でも、よく見たらそれは阿佐美……稲富阿佐美だった」

「昨日の朝、あなたが濱住氏からの要請で出かける直前、雅道さんの部屋から現れたという、若い女性の方だった？」

「遺体はそのときとはちがって半裸姿ではなく、ちゃんと服を着ていたけれど、たしかにあの娘、稲富阿佐美だった」

「彼女が死亡していたのは、まちがいありませんか」

ウイスキィを口に含んだまま頷いたため、盛大に噎せてしまった。「白くて細い首に、指で力を込めた痕だと思うんだけど、赤黒い痣が出来ていて……」

まるでその痣が同じ形状で色素沈着したまま、奇術の如《ごと》く残りの身体だけ虹子から阿佐美のそれにすげ替えられているかのような、なんとも気色の悪い錯覚に襲われる。

「遺体の口もとに掌をかざして、息をしていないのを確認したところまではなんとか憶《おぼ》えている。でもそこから、ちょっと記憶が飛んじゃって。はッと我に返ったら、建物の外にいた。〈麴コーポラス〉の近所の、あれは児童公園か。いまどき公衆電話ボックスが在って。わたしは叔父に電話した。いえ、まぎらわしい言い方でごめん。別にそのボックスの電話を使ったわけじゃなくて、自分のスマホで、洋蔵のスマホに。彼がその段階でもう飛行機に乗っていたらアウトだったでしょうけど、さいわい、と言っていいものかどうかはともかく、つながって」

「すみません、ちょっとお訊きしたいのですが。〈麴コーポラス〉から櫃洗空港まで、距離にしてどれくらいですか」

「車の混み具合にもよるけれど、タクシーで片道三十分から四十分ってところかな」

「濱住氏を空港に残して、あなたは〈麴コーポラス〉へ取って返す。そこで稲富阿佐美さんの遺体を発見するまで、だいたい三、四十分か、それ以上？」

「いちいち時間を確認していたわけじゃないんだけど、えと。羽田行きの始発がたしか午前七時四〇分予定だったので。その一時間前には到着を目処《めど》に空港へ行って。コーヒースタンドで仲たがいのお芝居をこなすまで二十分くらいかかって、再度タクシーに乗ったのが七時くらい？　仮にそこから三十分か四十分かけて〈麴コーポラス〉へ引き返したのだとしたら、あれれ、改めて計算してみたらその頃、すでに飛行機は出発していたとしてもおかしくないね。でも結果的に洋蔵は電話に出たし、搭乗もしていなかったんだから、機体整備かなにかで遅れていたのかな」

「あなたからの電話を受けた濱住氏は、どういう反応を？」

「やっぱりなにか、不測の事態が発生したのかと察知したんでしょうね。最初から、かなり動揺していた。おまけに、わたしがなにを言っているのか、なかなか理解が追いつかないようで。それもまあ、無理ないっちゃ無理もないのよ。そのときのわたしって、錯乱一歩手前の興奮状態で」

「状況をうまく伝えられなかった」

「要するに〈麴コーポラス〉へ行ってみたら部屋から虹子の遺体が消えていた、そしてそこで、なぜか代わりに稲富阿佐美という若い娘が死んでいるんだ、と。要点はその、たったふたつだけなのに。言葉があっちへこっちへ、とっ散らかってしまって」

　叔父は叔父で（なにを言っているんだおまえは）とか（なんで死体が消えたりするはずがある

んだ）とか（死んでいるのが稲富阿佐美だと、どうしておまえに判るんだ。ひょっとしておまえ、知り合いなのか）とか。矢継ぎ早の質問で詳細を聞き出したいのか、それとも説明を妨害しようとしているのか判然としないくらいがちゃがちゃせわしなく、まくしたててくる。そのせいで叔父が状況をきちんと了解してくれるまで、ずいぶん長くかかってしまった。

「なんとか状況を把握した濱住氏は、それについてどのように？」

「あまりにも奇々怪々で、どう捉えていいものやら困惑してしまったんでしょうね。しばらく、なんだそれは、さっぱり判らん、とかぶつぶつ、うんうん唸《うな》りっぱなしで。ようやく出した結論は、こう。とにかくアリバイ工作の件は白紙に戻そう、と」

「白紙とは、具体的には」

「すべて無かったことにする。洋蔵曰《いわ》く、いいか、結花。おまえは今日〈麴コーポラス〉へは来ていないし、おれといっしょに空港へ行ったりもしていない。そもそも虹子の遺体なんか見ていないし、阿佐美の死体に遭遇したりもしていない。ふたりの女と一応面識があるものの、その動向はいっさい関知していない。その前提をしっかり頭に叩き込んだ上で家へ帰れ。もしも万一、警察になにか訊かれるような事態になったとしても、すべて知らぬ存ぜぬで押し通すんだぞ、と」

「そう指示されて、結花さんは」

「他にどうしようもない。電話ボックスから出て、〈メゾン・ド・鳩場〉へ帰った。そしたら、そこで……」

マンションの共同玄関へ向かおうとして、ふと違和感を覚える。しかもなにやら、とびきり不穏な類いの。だがとっさには、そのもやもやの正体に思い至らない。

「部屋へ上がって、靴を脱ごうとしたとき、無意識に声が出た……雅道、って」

自分が発した声がほとんど悲鳴だったことに戦慄しつつ、わたしは息子の部屋のドアを開け、なかへ飛び込んだ。誰もいない。（雅道ッ）と何度か呼ばわったが、息子はどこにもいなかった。

「わたしはトイレからお風呂まで家じゅう息子の姿を探し回りながら、実は雅道ではなく彼女が、稲富阿佐美がひょっこりと、どこかから現れてくれる展開を期待していたんじゃないか。そんな気がする。〈麴コーポラス〉で見た彼女の遺体はわたしの眼の錯覚だったのかもしれない、単なる幻だったのかもしれない。いや、そうであって欲しい、と虚《むな》しく祈りながら。でも、無駄だった」

やがてわたしは先刻、階下の共同玄関前で覚えた違和感の正体にも思い当たった。

「車が無かったんだよ、敷地内駐車場に停《と》めてあるはずの。車というのはもちろん、洋蔵所有の、普段わたしと息子がタダで使わせてもらっている。雅道が乗っていったのだとしたら、いったいどこへ……」

「ご子息のその日の予定などを結花さんは、特に聞いていなかった？」

「ぜんぜん。ひとつ屋根の下で同居していても普段から会話が弾む母子ではなかった。お互い干渉しないようにしていた。なるべく、ね。ただし車に関しては一台しかないから、使いたいときは事前に相手の了承を得ておくことという取り決めをしていたんだけれど、それも最近はなしくずしっていうか。ご覧のとおり、わたしはほぼ連日の酒浸りで。ハンドルを握っている暇もない」

そういえばわたしはいつから、こんな自堕落な負のスパイラルに陥ってしまったんだっけ。気がついたら典型的なアルコール依存症になり果てていたのだが、特にこれといったきっかけとかがあったわけでもないような気がする。ただなんとなく人生に詰んでしまった、みたいな。

もうすぐ還暦だというのになにひとつ、うまくいっていない。息子がまっとうに、一人前になるまではがんばらねばと気持ちを張り詰めていた時期もあったが、元旦那のろくでもないほうのDNAばかり受け継いだとおぼしい雅道のていたらくを見せつけられているうちに、そんな使命感もすっかり瓦解、消滅してしまった。人間の一生とは墓場行きの片道切符である、と誰かが譬《たと》えていたけれど、うまいことを言うもんだ。ほんとに。

「ひょっとして〈麹コーポラス〉へ行っていた、という可能性は」

「は？」

「昨日の早朝、〈メゾン・ド・鳩場〉のご子息の部屋には稲富阿佐美さんが泊まりにきていた。それは他ならぬ結花さん、あなたご自身が目撃しているのだから、これ以上たしかなことはない。そうですよね」

「そうだね。うん。そう……だけど」

「その稲富阿佐美さんが遺体となって〈麹コーポラス〉六〇一号室のほうに突如現れた。ということは彼女を、そこへ車で連れていったのは雅道さんだったのかも」

「それはあり得ない。だって雅道は〈麹コーポラス〉のことを知らないんだもの」

「知らない、とは、どういう意味です」

「文字通り。そういうマンションが在ることを知らない。いや、この言い方は語弊があるか。もしかしたら〈麹コーポラス〉の存在自体は誰かの口からその名称を聞いたことがあるとか、はたまた建物の前を通りかかったことがあるとかで認識しているかもしれない。けれど、そこの六〇一号室が洋蔵の所有だってことは知らないから」

「知らない。ほんとうに？」

「ほんとに。絶対に」

「とはまた失礼ながら、どうしてそこまで断言できるのでしょう」

「だってわたしが口を酸っぱくして叔父に頼んでいたんだもの。あのマンションのことを雅道にだけは知られないようにしてくれ、絶対に秘密にしておいてくれ、そうしないといけないんだから、と」

「ご子息には絶対に秘密にしておかなければならない。それはどういう理由で？」

「そんな物件があると知ったらあの子は、オレ、そこで独り暮らしをしたいなあ、なんて言い出すに決まっているからよ。必ず。さっきもちらっとその話が出たけど。わたしとしては雅道が〈麹コーポラス〉で独り暮らしをしたいなどと言い出すことは叔父の手前、避けなければならない。断じて。部屋代を払えるわけでもないのに、もうひと部屋なんて、ずうずうしいじゃん。これだけ世話になっている身だから、やっぱり最低限の気遣いは忘れないようにしないと」

「結花さんはたしかに〈麹コーポラス〉の存在を、ひた隠しにしていたかもしれない。しかし他ならぬ濱住氏本人の口から、なにかの拍子にぽろりと雅道さんの耳に伝わってしまった、という可能性もあるのでは」

「それは事情を知らない第三者の考え方で、わたしには確信がある。叔父は約束通り、秘密は守ってくれていたはずだ、という」

「その確信にはなにか特に根拠でも？」

「この点について叔父は他の誰よりも、わたしの心情をよく理解してくれているはずだから。つまり、なぜ息子には秘密にしておきたいのかそのほんとうの理由、それは……」

まだ発声がしっかりしていたので、いや、しっかりしていると思い込んでいたので自覚が無かったが、わたしはすでに危険水域に達するほど泥酔しているようだ。相談員の男の話の引き出し方が巧妙で、まんまと乗せられてしまったという側面もあるだろう。しかしそれを割り引いても、もはや完全に一線を越えてしまっている。

「その理由とは？」

「独りになるのが怖いんだ、わたし」

なにかに魅入られるかのようにあっさりと己れの恥部を曝け出してしまった。「……正確に言うと、独りで死ぬのが怖い」

「いわゆる孤独死、という意味ですか」

「ひとり息子が自分のもとから離れてゆく。それは本来あるべきかたちで、多少は寂しくても堪えなければならないし、老後はむしろ独りで気楽に、のびのび暮らしたい。でもそれは……それは自分が健康体でいることが前提であり、かつ絶対条件となる」

「健康に不安がおありですか」

「見れば判るでしょ。これこのとおり。朝っぱらから飲んだくれて。睡眠時間以外はほぼ酔っぱらっているありさま。心身ともにアルコールに蝕《むしば》まれていることを日々実感している。なにしろ睡眠とは名ばかりで、実際には気絶しているだけだもん。特に昨夜。昨夜はもう、ぜんっぜん眠れなかった」

そりゃそうだ、いきなり刑事だと名乗る男たちがやってきて。奴田原さんですか、実はあなたの息子さんがとんでもないことをしてしまったようでして、なんて告げられた上、雅道の部屋を引っくり返さんばかりにして調べられたりしたら。

「そのまま病院へ連れていかれて、叔父の遺体と対面した。息子に会わせてもらえないかとお願いしてみたんだけど、まだそれができる状態ではないと、にべもない。なにがどういう状態なのか、いまいち具体的には教えてくれなかったけれど。ともかくしばらくは自宅待機していてください、と言われて帰宅したものの、どうしたらいいのか判らない。ただひたすら飲んで、気絶し。目を覚ましてはまた飲んでの延々そのくり返し」

「警察がご自宅の〈メゾン・ド・鳩場〉へ来たのは昨日の何時頃です」

「午後。えと。一時にはまだ、なっていなかった。うん。と思う。曖昧でごめん」

「警察から事件の経緯についてどんなふうに説明されたか、もう少し具体的に教えていただけますか。例えば雅道さんは具体的にどのように犯行に及んだのか、とか。どういう手順を踏んで自首したのか、とか」

「刑事さんによると、雅道から通報があったのは昨日の午前十時半頃。枡丘町の濱住邸の固定電話からだった、と」

自分は奴田原雅道という者だと名乗った雅道は、大叔父に当たる濱住洋蔵を彼の自宅で包丁で刺してしまったのですぐに来て欲しいと、詳しい住所とともに告げ、電話を切ったという。

「警官たちが駈けつけると雅道が出迎え、本宅の玄関の上がり口の廊下を指し示した。そこに洋蔵が倒れていたそうよ。血まみれで。胸部と腹部をメッタ刺しにされていて、病院へ搬送されたものの、ほどなく失血による死亡が確認された」

「凶器は包丁だとおっしゃいましたが、それは現場から発見されているのですか」

「遺体の傍に落ちていたそうよ。これはどこから入手したものかと訊かれた雅道は、自分が家から持ってきた、と答えたらしい。それでうちへやってきた刑事さんに、お宅のキッチンから包丁が紛失していないかと訊かれたんだけど。見たところ、失《な》くなっているものはなんにもなくって」

「自分が家から、と言ったのですか」

「え？」

「凶器に関する雅道さんの供述です。自分の家から、ではなく、自分が家から、という言い方をしたのでしょうか」

「え。えと。そんな細かいところまで知らないよ。わたしが息子から直接聞いたわけじゃないんだし。どうしてそれを問題視するのか判らないけど、正確を期したいのなら担当の刑事さんに訊いてちょうだい」

「雅道さんが警察に通報したのが午前十時半頃。ということは、彼が濱住氏を刺殺したのはそれよりも早い時間帯だったのでしょう。時系列的に判断すると濱住氏は、空港であなたからの電話を受けた後、あまり間を置かずに自宅へ取って返したはずです。それは、空閑虹子さんの遺体がなぜか稲富阿佐美さんの遺体に入れ替わっているという謎の緊急事態を受け、結花さんを巻き込んで画策していたアリバイ工作を白紙に戻すと決めたからだった。折しも飛行機の出発が遅れていたこともあり、自身の上京プランそのものを取り止めた。そして空港から自宅へ戻ってきたところを、雅道さんに殺害された。ざっと、こういう過程だったと考えられる」

「でしょうね」

「あなたは一連のその経緯について、警察に詳細を話していますか。叔父さまから頼まれたアリバイ工作の内容も含めて？」

「……いいえ」

「では〈麹コーポラス〉であなたが目の当たりにした女性の遺体は未だに発見されておらず、六〇一号室に放置されたまま？」

相談員の男の表情にも口調にもなんの変化も見受けられなかったが、その静謐《せいひつ》さが却《かえ》ってわたしに絶望にも似た、劫火《ごうか》で炙《あぶ》られるかのような罪悪感を突きつけてくる。

「結花さん」

「はい……」

「わたしはこれから〈麹コーポラス〉六〇一号室の内部を調べていただくよう、知り合いの警察官の方に依頼いたします。ただし、さきほども言及された守秘義務に則《のっと》り、とりあえずあなたのお名前はいっさい出しません。よろしいですね」

「どうかよろしくお願いします」

勢い込んで頷いたわたしはそのまま深々と頭を垂《こうべ》れた。そんな仰々しい反応に我ながら戸惑ったけれど、それ以上にホッと安堵《あんど》してもいる己れがそこにいた。

力が抜けた反動なのか、胃から食道にかけてゆるゆると嘔吐《おうと》感が込み上げてくる。昨日から固形物をいっさい摂取していないため、喉が何度もげぼげぼ鳴るだけで実際にはまだなにも逆流してこないが、そろそろ全身がこれ以上のアルコール投下を拒絶し始めているのは明らかだ。

画面のなかの相談員は、言うところの知り合いの警察官との通話を終えたようだ。耳に当てていたスマホを仕舞う。その際にちらっと、それまで隠れていた男の肘から手首にかけてが画面に映った。黒い事務用のアームカバーが腕に嵌められている。それがなぜだか印象的な残像を網膜に刻んだ。そして相談員は、わたしのほうへ向きなおる。

「いま知り合いの刑事さんにお話を伺いましたが、どうやら警察は未だ稲富阿佐美さんの件のみならず、空閑虹子さんが殺害されたことも把握していないようです」

「ひょっとして……」

天啓が如く閃《ひらめ》くとはこういう瞬間かとばかりにわたしはとっさに頭に浮かんだことを、あまり深く考えもせずに口にした。「ひょっとして虹子は死んでいない、とか？　ね。生きているんじゃないの？」

自分としてはかなりの爆弾発言のつもりだったが、相談員はまったく動じず。相変わらず恬淡《てんたん》としたまま。

「生きている。他ならぬ結花さんご自身がその死亡を確認しているのに？」

「たしかにあのとき、虹子は脈もなければ息もしていないようだった。けれど、ほんとうは一時的な仮死状態に陥っていただけじゃないかしら？　改めて考えてみれば、ひ弱はちょっと言い過ぎだとしても高齢ゆえ、明らかに体力的には劣勢のはずの洋蔵だもの。その手で首を絞められても、若くて余力のある彼女は絶命には至らなかった」

「そして虹子さんは息を吹き返したのではないか。そうおっしゃるのですか。あなたと濱住氏が空港へ向かった後で？」

「じゃないかな。いえ、そうなのよきっと。そして、どこかに隠してあった阿佐美の遺体を引きずり出してきて。自分がずっと倒れていた位置に、代わりに横たえたんだ」

「なんのためにわざわざそんな、めんどうなことを？」

「阿佐美殺しの罪を洋蔵に被せるため。そうだ、判った。ぜーんぶ、判った。そういうことか。洋蔵じゃなくて、虹子だったんだよ、阿佐美を殺したのは」

「どうして虹子さんが阿佐美さんを手にかけることになったのです。そもそもふたりは知り合いだったのでしょうか」

「そこらあたりは本人たちに訊かないと判らないけれど。あ。もしかしたら阿佐美も、洋蔵にちょっかいをかけられていたんだったりして。オレと恋愛してみないかね、なんて。でも虹子の存在がバレて三角関係になっちゃったとか。そういう修羅場の果てに」

「ふた股をかけられたと知って怒った阿佐美さんが〈麴コーポラス〉へ乗り込んで、言い争いになるかどうかして、虹子さんに扼殺《やくさつ》されてしまう。そういう流れですか」

「同席していた洋蔵は為す術もなく。阿佐美が虹子に殺されてしまった、さあたいへん。あなたのせいよ、いやオマエがとかなんとか責任をなすりつけ合っているうちに今度は洋蔵が度を失い、虹子の首を絞めてしまう。しまった、なんとかしなければ、と」

「結花さんにアリバイ偽装工作の協力を頼んできた。阿佐美さんの遺体は、あなたがやってくる前にどこかへ隠しておいた、と。そうおっしゃるのですか。しかし、だとするとたいへん、おかしなことがひとつ」

「あ。そっか。ご、ごめん。判った。はい。いま気がつきました、決定的な矛盾に」

いくら酔っぱらっているとはいえこれはひどい。あんまりだ。いまわたしが披露した仮説は成立する余地が一ミクロンも無い。だって阿佐美は〈メゾン・ド・鳩場〉の雅道の部屋にいたとき、まだ生きていた。それは〈麴コーポラス〉へ行く直前、わたし自身がこの眼で確認しているじゃないか。

「あの時点で雅道の部屋にいた阿佐美が、虹子よりも先に〈麴コーポラス〉で殺されるだなんて物理的に、あり得ない」

「ただし結花さんが目撃した若い娘が阿佐美さんではなく、まったくの別人だったとしたら、また話は全然ちがってきますが」

「やめて。いいです、むりにフォローしてくれなくたって。ああもう。馬鹿なこと、ほざきやがって、酔っぱらいが」

「いえ。いまおっしゃったことのなかには、興味深い指摘もちゃんとありました」

「ん。どれのこと」

「濱住氏を巡って空閑虹子さんと稲富阿佐美さんが三角関係に陥っていたのではないか、という可能性です」

「ほんとに阿佐美にも手を出していたんじゃないか、って？　あの洋蔵が？」

「というより濱住氏は、きっぱりと乗り換えていたのではないでしょうか、虹子さんから阿佐美さんへと」

「へ。へえええ。おみそれしちゃうな。もしも叔父がそんなに変わり身が早くて、器用な質《たち》だったとしたら」

「まさにあなた自身がおっしゃっていたことです。濱住氏の女性に対する執着に関して、ね。若ければ若いほどいいんだ、と」

「あ……ああ、そういう」

「虹子さんは四十そこそこ、いっぽうの阿佐美さんはご子息の後輩なので三十前。正確な数字はともかく、ふたりの年齢差は歴然としている。濱住氏の心はとっくに虹子さんから離れ、本命は阿佐美さんへ移っていた。だとすると前提が崩れます」

「ぜんてい？」

「生前の濱住氏が〈麴コーポラス〉六〇一号室に住まわせていた女性が虹子さんである、という。それは実は前提でもなんでもなく、単なる思い込みに過ぎなかった。結花さん、あなたの、ね」

「思い込み、って。六〇一号室に住んでいたのは阿佐美のほうだった、って言うの？　でも、もしもそうだとしたら……」

「濱住氏がハワイ旅行へ連れていこうとしていたのも虹子さんではなく、実は阿佐美さんのほうだった。そう考えると、服のことにも説明がつくのではないでしょうか」

「ふく？　って。あ。虹子の遺体から脱がして着ろ、って指示された件？」

「もしも六〇一号室に住んでいたのが虹子さんなら、室内には他にも彼女の服が置いてあるはずで、そこから適当なものを選んで拝借するようにあなたに指示するのが自然な流れです。しかしお話を伺う限りでは、濱住氏はそんなこと、思いつきもしなかったという印象を受ける。それはその部屋に住んでいたのが虹子さんではなかったから。室内のワードローブやクローゼットには阿佐美さんの服しか仕舞われていなかったのです」

「そ、そうか。加えて、それだとサイズもわたしと全然ちがうわけだし……」

「そういう問題ではありません。阿佐美さん云々以前に、お話を伺う限り、あなたと虹子さんとでも体型がちがい過ぎる。従って、そもそも被害者の服を借りて偽装するという案自体がどのみちナンセンスなのです」

「言われてみれば、た、たしかに」

「濱住氏が結花さんに、六〇一号室内の収納から服を拝借させようとしなかった理由は、単にその段階ではまだ阿佐美さんが生きていたからでしょう。つまり本人に断りもなしに阿佐美さんの服を持ち出したりしたら、後で彼女の不興を買うかもしれない。そんな小心な配慮が働いた」

「それで洋蔵はわたしに、服は虹子が着ているものを脱がすようにと。でも」

「結花さんが頑強に拒否したので断念した。濱住氏だって冷静に考えればサイズの問題にも思い至れたはずで、どのみち最後までその案に拘泥することはなかったでしょう」

ぐッ。そんな瀕死《ひんし》めいた呻きがわたしの口から洩れた。「……空港にいる洋蔵に電話したとき。虹子の遺体が別人に入れ替わっていると伝えたら彼は、こういう言い方をした。死んでいるのが稲富阿佐美だと、どうしておまえに判るんだ、と。そしてこうも付け加えた。ひょっとしておまえ、知り合いなのか、と。あの口ぶりは、まるで……まるで」

「阿佐美さんと知り合いなのは実は濱住氏のほうだった。彼女の死の知らせ以上に、自分が交際している女性の名前が、なんと姪の口から出てきた、そのこと自体に彼は驚き、戸惑っていたのです」

「そうだったのか。いや、ますますこんがらがってきた。虹子が死んだ段階で阿佐美は生きていて、洋蔵はそのことを知っていたはずなのにどうして……ああああもう、ややこしい。三人のあいだで、なにがあったんだ」

「そもそも昨日、正確には一昨日。濱住氏はハワイ旅行用のスーツケースを持参し、出発の前夜〈麴コーポラス〉六〇一号室へ泊まりにきた。彼を迎え入れた部屋の住人は、もちろん阿佐美さんだった」

「ハワイへ同行するのが彼女のほうなら、わたしがアリバイ工作のために空港へ持っていかされたキャリーバッグもほんとは虹子じゃなく、阿佐美のものだった？　でも洋蔵はどうして、そのことを黙って……あ。ごめんごめん。どうぞ、続けてください」

「ゆっくり一夜を過ごす予定だったふたりのところへ不意討ちを喰らわせるかたちで、乗り込んできたのが虹子さんだった」

実際にそんなシーンは見たことがないにもかかわらず、あの元看護師の女が鬼瓦の如き憤怒の形相でふたりに迫ってゆくさまを、なぜか鮮烈に思い描けてしまうわたし。

「想像過多かもしれませんが、もしかしたら一旦は、虹子さんが〈麴コーポラス〉六〇一号室に入居させてもらえる約束になっていたのかもしれない」

「あり得る。うん。あり得るよそれ」

「しかし阿佐美さんという、より若いパートナー候補を得た濱住氏はその約束を反故《ほご》にしてしまう。怒った虹子さんはあるいは、それまでの彼との交際の実績の対価として、濱住氏に賠償金の類いを請求するつもりだったのかもしれない。その交渉を有利に進めるために、敢えて新しい彼女といっしょに旅立つ直前という絶妙のタイミングを狙いすまして、ふたりを奇襲した。それがすべての、ことの顛末《てんまつ》だったかもしれません」

よくもまあ、これだけドラマティックにストーリーを拡げられるものだ。皮肉抜きで、素直に感心してしまった。

「お断りするまでもないと思いますが、このとおりの出来事が起こったという意味ではなく、あくまでも例えばの話です。要は虹子さんの突然の来訪は、濱住氏にとっても、そして阿佐美さんにとってもまったくの想定外だったということ。それだけに、ふたりとも惑乱や狼狽のあまり過剰反応を示したのではないでしょうか。虹子さんとのあいだの感情的な諍いがエスカレートして、話し合いでは済まなくなってしまったのです」

詰め寄る虹子。うろたえながらも必死で応戦する洋蔵。そして割って入るべきか、傍観に徹するか決めかねている阿佐美。三者三様の極限状況の言動が必要以上にリアルに想像できて、背筋に悪寒が走った。

「どちらが……ど、どちらが虹子を殺したの？　叔父？　それとも……」

「おふたりとも亡くなられているいま、確認の術はありません。が、想像するに激しい小競り合いは、主に女性ふたりのあいだで発生したのではないか。虹子さんを直接手にかけたのは阿佐美さんのほうだった。なぜそう考えられるのかというと、濱住氏は一連の騒動が一段落した後、阿佐美さんを現場から避難させているからです」

阿佐美の避難先とは？　それは……〈メゾン・ド・鳩場〉の三〇三号室です、という答えを、いまさら待つまでもない。

「だからこそ昨日の朝、結花さんは自宅で阿佐美さんと鉢合わせした。濱住氏と彼女、どちらが提案したのかはともかく、ふたりはそれぞれ別々にアリバイを確保しようという案で合意した。そう考えられます。その場で。少なくとも一旦は、ね」

「それぞれ別々に。つまり洋蔵は洋蔵で、阿佐美は阿佐美で個別に、虹子が殺害された時間帯の不在証明を確保する」

「濱住氏が、あなたに虹子さんのふりをさせて櫃洗空港へ連れていったのは、そういうわけだった」

「でも、待って。いくらわたしが虹子として行動してみせても、空港から取って返す先が〈麹コーポラス〉だったら意味がない。そこの本来の住人が阿佐美のほうであることは、警察が調べれば簡単に判るんだから」

「そのとおり。しかし濱住氏の立場になって考えてみてください。実際問題として、虹子さんの遺体があるのは〈麹コーポラス〉六〇一号室であるという事実を動かせない以上、どうしようもありません」

「たしかに。そ、それはたしかに」

「できることならば虹子さんの遺体は彼女本来の住居へ戻しておくか、もしくはまったく無関係な別の場所へ移動させておくか、どちらかにしたかったでしょう。ほんとうに、できるものならば、ね。しかし」

「そんなこと、簡単にはできない」

「なにしろ人間の遺体です。そうそうお手軽にあっちへ運んだりこっちへ移したりできるものではない。従って、虹子さんは〈麴コーポラス〉六〇一号室で殺害されたのだという事実を起点としてそこから逆算し、それらしいストーリーをでっち上げるしかなかった。多少は不自然な綻びが出ようとも、ね」

「空港から〈麴コーポラス〉へ戻った虹子はそこで殺害され、その時間帯に洋蔵は羽田へ向かっていたという趣旨のアリバイを成立させることを、とりあえずは優先した。というか、そうするしかなかった」

「そのとおりです。そうやって自分の不在証明を担保するいっぽうで濱住氏は、阿佐美さんについては彼女を現場から、なるべく遠ざけるという方法を選択する」

「〈メゾン・ド・鳩場〉へ……洋蔵は阿佐美に、雅道のところへ行けと指示をした？」

「おそらく雅道さんに限らず、具体的な名前は出さなかったのではないでしょうか。とにかく誰でもいいから、信頼できる知人のところへ身を寄せろと。濱住氏はざっとそういう指示を阿佐美さんにしたものと思われる。警察に犯行時間帯のアリバイを訊かれたら、当該時間帯はその知人のところでずっといっしょにいたと証言してもらうように、と」

「それだけ？　洋蔵が阿佐美に出した指示はそれだけ、だったとしたら……」

「濱住氏はおそらく、阿佐美さんが自分の姪孫と親密な関係にあるとは知らなかった。そう考えられます」

知らなかった？　洋蔵は、阿佐美がアリバイ工作のために身を寄せる相手が雅道であるとはまったく予想もしていなかった？　ということは……ということは、もしかしたら。嫌な予感がした。無性に嫌な予感が。しかしそれを、とっさには言語化できない。

漠然とした不安が明確な恐怖に取って代わってゆく。先刻まで爪先辺りにしか迫っていなかったはずの泥濘《でいねい》が、ふと気がつくと腰を越えてこちらの胴体をもすっぽり呑《の》み込んでいたかのような恐怖に。

「そのまま濱住氏と阿佐美さんがそれぞれの偽装アリバイに身を委ね、虹子さんの遺体は放置していれば、それでよかった。計画通りに。羽田からとんぼ返りした濱住氏が〈麴コーポラス〉六〇一号室に戻ってきて、そして事件の第一発見者を装うまで、ね」

本来の計画では、櫃洗へ戻ってきた洋蔵は虹子の遺体を発見し、警察にこう言い立てるつもりだった。

阿佐美と仲直りしようとして引き返してきたら、そこになぜか住人でもない虹子の遺体があった、と。虹子がなぜ六〇一号室へ来ていたのか、どうやって部屋に入れたのかなどの疑問について洋蔵は「自分には見当もつかない」で押し通すつもりだったかもしれない。

が、虹子に扮した結花と空港で痴話喧嘩する様子の目撃者が現れたときは、どうするつもりだったのだろう。あるいはこれも相談員の男の指摘する「不自然な綻び」のひとつで、やむを得なかったということなのか。

「打ち合わせ通りの供述をしたとして、警察がそれをどう判断するかはまた別問題です。が、ともかくにも当初の計画通りに最後まで進めていればそれで一応、ふたりのアリバイの体裁は整えられていたはずだった。しかし阿佐美さんは、じっとおとなしく引っ込んでいることができなかった。一旦は濱住氏と合意していたはずの、それぞれ個別に偽装アリバイを確保するという計画を一方的に反故にしてしまったのです」

　ばんッと風船が破裂したような音がした。身体が拒絶するのもかまわず大量のウイスキィをむりやり口から流し込んでいたことに、ようやく思い当たる。特大の咳《せき》とともにわたしは、すべてを地面に吐き散らかしてしまった。胃壁の粘膜が裏返って飛び出してきたかのような胃液の逆流が剣山さながら、容赦なく鼻腔《びこう》と脳髄を突き刺してくる。

「どう……ど、どうしたの、阿佐美は。じっとしていられなくなって？」

　鼻から脳天を貫通したかのような激痛に、とても眼を開けていられない。「まさか……ま、まさか、彼女は……」

「結花さんが最初に〈麴コーポラス〉へ行った際、たしかに六〇一号室にあったはずの虹子さんの遺体がその後、消えてしまったのはなぜか。本人が息を吹き返したのではないとすれば合理的な解釈はひとつだけ。何者かが遺体を室外へ運び出したからです」

「そ、それは、いったい誰が……」

「濱住氏には不可能だったことは彼といっしょに空港へ行った結花さん自身が、よくご存じですね。では濱住氏以外で、虹子さんの死の事実を把握していたのは」

「阿佐美……」

「もちろん彼女独りでは到底無理です。協力者がいた。それは」

「待って。ま、まって。なんで？　なんで阿佐美はそんなめんどうなことをしたの。一旦は雅道のところへ、〈メゾン・ド・鳩場〉へ避難させてもらっていたっていうのに。わざわざ〈麴コーポラス〉へ舞い戻るなんて、どうして？　虹子の遺体を運び出すなんて、どうしてそんな危険な手間をわざわざ……不完全とはいえせっかくのアリバイ工作を台無しにしかねないというのに、なぜ？」

「さっきも言ったように、じっとおとなしく引っ込んでいられなかったからです。濱住氏が羽田から引き返してきて事件の第一発見者になるという本来の段取りが終了するのを待ちきれなかった。加えて、こんな付け焼き刃的で不完全なアリバイ工作がほんとうにうまく機能するのか、という不安もあったのでしょう。それより、もっといい方法があるのではないか。そう焦ってしまった」

「なんなのよ、もっといい方法って」

「要するに、虹子さんの遺体さえ無ければ自分が罪に問われる心配はない。逆に言えば、遺体を山かどこか、とにかく自分とはまったく無関係なところへ遺棄してこない限り、なにも解決しない、と。そんな強迫観念に囚われてしまったのです」

「そ、それで彼女は、虹子の遺体を運び出すために協力を頼んだ……の？　雅道に？」

わたしが洋蔵からの電話を受けて出かけた後、雅道は阿佐美に言われるがまま、彼女といっしょに〈麹コーポラス〉へ向かった。だから車が〈メゾン・ド・鳩場〉の敷地内駐車場から消えていたのだ。

「結花さんが濱住氏といっしょに空港へ行っているあいだに、ふたりは虹子さんの遺体を六〇一号室から運び出した。それは、もちろん事件そのものを隠蔽しようという意図からだったでしょう。が、想像するに、もうひとつ。切羽詰まった理由があった」

「え？」

「それは他でもない。虹子さんの遺体が一定期間、放置される予定だった場所は阿佐美さんの住居であるということ。住人の立場にしてみれば一分一秒でも早く、遺体を自室から撤去したかった。でないと」

「その分、腐敗が進む……から？」

「あるいは阿佐美さんが、じっと我慢して引っ込んでいられなかった理由としては、そちらのほうが大きいのかもしれません」

「雅道はわけも判らず、とにかく、ただ阿佐美に言われるがままに、虹子の遺体を運び出すのを手伝ったの？」

「どこまで事情を打ち明けられていたかは本人に訊くしかありませんが、なにしろ眼の前にあるのは人間の遺体です。それをどこかへ遺棄してこないといけないという以上、阿佐美さんが重大な犯罪になんらかのかたちでかかわっていることは隠しようがない」

「でも雅道はすぐに気づかなかったの？　彼女に連れてゆかれたマンション、〈麴コーポラス〉六〇一号室の所有者が洋蔵であることに？　だって部屋の玄関ドアには、あの嫌でも目立つ『濱住』のネームプレートが」

「部屋へ連れてゆかれた段階で雅道さんも、すぐに気がついてはいたでしょう。だが、とりまぎれるあまり、その意味を深く考えてみる余裕はなかったものと思われる。人間の遺体を運搬するのはとにかく重労働で、ふたりいれば独りよりはましとはいえ素手、丸腰では如何にも厳しい。台車などそれなりの道具を調達してくるべく右往左往、てんやわんやの状態で、それどころではなかった」

「じゃあ雅道が決定的に、大叔父と阿佐美の関係を確信したのは、虹子の遺体を外へ運び出した後だった？」

「もっと早く思い当たっていたかもしれませんが、少なくとも阿佐美さんにすべてを説明するよう詰問したのは、虹子さんの遺体を車に積み込み、遺留物はなにもないかの確認に、ふたりで六〇一号室へ戻った後だったでしょう」

「彼女が他の男、しかも他ならぬ自分の大叔父に囲われていたことを知って。ショックを受けた雅道は、激昂《げきこう》して……」

「彼女の首を絞めたのが室内だった事実に鑑みるに、あるいは阿佐美さんは雅道さんに、虹子さんの遺体を独りで始末してくるよう指示というか、命令したのかもしれない」

「とりあえず車には積み込めたんだから、あとはよきにはからえ、とか高飛車に？」

「仮にふたりでいっしょにどこかへ遺棄しにいこうとしていたのだとしたら、諍いは車のなかで起こっていたはずでしょうから」

「度を失って阿佐美を絞め殺してしまった雅道は……雅道は、どうにも冷めやらぬ激情の赴くままに、枡丘町の洋蔵宅へ向かったんだ……〈麴コーポラス〉六〇一号室にあった包丁を一本、持ち出して」

「もしも濱住氏が当初の計画通り羽田へ向かっていれば、なにも起こらなかった。しかし結花さんからもたらされた阿佐美さんの死という不測の事態に仰天し、動揺しながら、ただ引き返してくるしかなかった」

「どうして洋蔵は本宅のほうへ？　阿佐美が死んでいると知って、どうして〈麴コーポラス〉のほうへ駈けつけてこなかったんだ」

「駈けつけてみたところで自分にできることはなにもないと割り切ったのでしょう。阿佐美さんが殺されたとなると彼女のパトロンであり現場の部屋の所有者である濱住氏への影響は必至ですが、かといっていまさらなにか偽装工作を仕掛けられるわけでもない。おとしなく自宅に引っ込んでいるしか為す術はないと判断したのでしょう。その結果、阿佐美さんを手にかけたその足でやってきた雅道さんと鉢合わせすることとなった」

「すべて阿佐美が、洋蔵の指示通りにおとなしくしていなかったばっかりに……」

「問題の猫は、結花さんではなく、阿佐美さんのほうだったのかもしれませんね」

「猫……」

「焼けたトタン屋根の上に放り出された猫のようになっていたのでしょう。焦燥のあまり阿佐美さんはじっとしていられず、そこらじゅうを跳ね回り。傍から見たら正気を失ったとしか思えない行動に出て。自己保身のつもりが逆に命を落とす結果となってしまった」

どうやらスマホに着信があったらしい。しばしそれに応答していた相談員はやがて顔を上げ、こう言った。「さきほどの刑事さんからです。空閑虹子さんと思われる女性の遺体が発見されたとか。雅道さんの供述に従い、濱住邸のガレージに停められていたセダンのトランクを調べてみたら、そのなかに」

そこは彼女が潜む部屋

「いったいどうしたの、ハル兄ちゃん。まさか、いま頃になってここに、あのふたりの幽霊でも出るようになった、とか？」

コンビニで買ってきた唐揚げのパックやポテトチップスをコーヒーテーブルに並べながらぼくは、なんの気なしに、そんな軽口を叩《たた》いた。たしかに酒席の冗談にしても些《いささ》か不謹慎な部類ではあったかもしれない。

けれど、なにしろ小深田玄斗《こぶかたげんと》が平賀《ひらが》いづみを手にかけた上で自殺した、とされる事件がこのマンションで起きたのは二〇〇七年の九月。いまから十五年も前である。

十五年といえば、今年三十のぼくからするとこれまで生きてきた歳月の丸々半分。ひと昔どころか、ふた昔は前。仮に新法適用以前の時代なら殺人事件すら時効になるくらい過去なわけで、たとえ問題の男女それぞれの絶命した現場が、まさにいま自分たちがのんびり酒を酌み交わしているリビングとそのすぐ隣りの寝室だったにせよ、基本的に他人《ひと》ごとにしか感じられない程度に風化するには充分すぎる時間が経過している。

もちろん無理心中事件以降にこの部屋で、例えばなんらかの心霊現象が発生したとか、そういう事例でもあったというのならばまた話は別だ。ぼくだって不気味でオカルティックなネタにわざわざ触れたくないし、そもそもちょっと話したいことがあるので飲みにこないかと、いくら誘われようとも絶対に、このマンションに足を踏み入れたりはしなかっただろう。

でもこの十五年間、夜中に室内で呻《うめ》き声が響いただの、壁から血が滴っただのといった煽情《せんじょう》的な噂の類いはついぞ耳にしていない。すでに一年近くもここに独りで住んでいるハル兄ちゃんこと長船治之《おさふねはるゆき》だって、少なくともぼくの知る限りでは入居以降、世にもオソロシイ目に遭っておりまして、みたいな体験談なぞ持ち合わせていないはず。

だからこそ彼に「どうも最近、この部屋に関して気になることがあってさあ」と切り出されたぼくはわりと気安く、かつて非業の死を遂げた男女の亡霊が十五年の時を経てついに出現するようになりましたか、とかって茶々を入れたわけである。ほんとに、なんの気なしに。

ところがハル兄ちゃんときたらスコッチの水割りを口もとへ運びかけていた手を止め、ちょっと言葉に詰まったかのように眼を瞠《みは》ったものだから、こちらは困惑。

え。まさか、マジで？

「あ、いや。ちがうんだ。ちがうちがう。幽霊なんかは出ちゃいない」

慌ててそう執り成してくる。ちなみに小さい頃からの口癖が抜けず未《いま》だに「兄ちゃん」と呼んではいるものの、彼はぼくの兄ではない。母方の従兄《いとこ》だ。

「そういう金になりそうなネタならまだよかった、というか。むしろ大歓迎だったかも、だけど」

「金になりそう、って。幽霊が？」

「どこぞのマスコミが喰《く》いついてくれるかもしれんだろ。十五年前、無理心中の犠牲になった若い美女の怨霊が夜なよな現れるともなりゃカメラマンその他、特番のスタッフが大挙してここへ押しかけてきて、さ」

「で、ハル兄ちゃんは取材費をがっぽりせしめられる、って？」

さすが。事故物件として長年ずっと空き家のままだったこの〈龍胆《りんどう》ハウス〉一〇一号室を義叔父、すなわちぼくの父親から譲り受ける際、単に相場よりも安く買い叩くだけでなく、ぎりぎり贈与税のかからぬ絶妙ラインで交渉したという逸話の持ち主だけあって発想がちがう。

「そんな美味《おい》しいネタなら、ぼくなんかにじゃなくて、とっくにテレビ局とかに売り込んでるよ、って？」

「まあねえ。そゆこと」

「じゃあなんなのいったい。だいたい、この部屋のことで、とか言われても。ぼくがなんのお役に立つのやら。ここには全然、住んでもいなかったんだから」

「でも一時期、使っていたことはあるだろ。な。勉強部屋代わりに」

「そんなの、中学生のときの話じゃん。なんでいまさら？」

「うーん。まあ、ちょっと、な」

腕組みをした右手を斜めに持ち上げ、頬をぽりぽり。「詳しいことはおいおい話してゆくとして。先ずコーギイに訊《き》いておきたいことがあるんだ」

コーギイとはまた、なにやら愛玩動物っぽい語感に溢《あふ》れる呼び方だけど、ぼくの名前は樋渡興《ひわたしこう》起《き》。ハル兄ちゃんとは八つも歳がちがうが、こちらがひとりっ子だったこともあって、小さい頃はよくいっしょに遊んでもらった仲だ。

「電話とかメールでやりとりするには、ちょっと込み入っているんで。たまたまコーギイが、この歳《とし》になって地元へ戻ってきてくれていて、ほんと、好都合だったよ」

この歳になってとはひとことよけいだが、実はぼくは今年、二〇二二年の春に地元国立櫃洗《ひつあらい》大学医学部に編入学したばかり。

つい最近まで東京の某総合商社で普通にサラリーマンをやっていた。それが一昨年、新型コロナに感染。幸い軽症で後遺症もなく、すぐに社会復帰するはずが、すっかり精神的に不安定になってしまう。

ビジネスホテルで隔離療養中に改めて自己と向き合った、なんてまとめるのは些か紋切り型かもしれないけれど。ともかく内省的になる時間ばかりがたっぷりあったせいで都会生活の寂寞《せきばく》さを痛感した、とでも言おうか。こんなにメンタル脆《もろ》かったっけ？　と我ながら困惑するほど独り暮らしが怖くなり、その焦燥に追い立てられるように某同僚女性社員に電撃プロポーズをしてしまう。

ぼくとしては彼女と一応将来的な可能性込みでの交際をそれまでにもしているつもりだったのだが、どうやら先方の認識とは著しく齟齬《そご》があったようだ。あっさりフラれてしまったショックと疎外感に堪え切れず、ぼくはほとんど発作的に会社に辞表を提出してしまったのであった。

失恋だけが原因ではなく、もともと営業職が性に合わずストレスが溜《た》まりに溜まっていた側面もある。かてて加えてのコロナ禍で、万一の病気や災害時にあっての寄る辺なき者の辛《つら》さという、都会での独居生活の精神的限界が改めて身に沁《し》みた恰好《かっこう》だ。

こうして里帰りしたぼくだったが、なるべく都落ち感は払拭したいとの見栄《みえ》もあり、地元での再就職活動は端《はな》からスルー。「医学部に入りなおして、開業医である父、樋渡将光《まさみつ》の跡を継ぐ」宣言をした。むろん父は無下には反対するまいと見越しての一手だったが、これが我が家にとって予想外の副産物をもたらす結果となる。

それこそ十五年前の問題の無理心中事件の煽《あお》りを喰らって、当時の小深田玄斗と母、樋渡佐代《さよ》子《こ》との不適切な関係が明るみに出たせいで離婚を余儀なくされていた両親が、なんと、ぼくの帰郷を機に復縁を果たすこととなったのだ。

「お蔭《かげ》で今回おれも、わざわざ上京するなんて手間をかけることなくこうして直接、コーギイと話ができるし」

「それほど対面にこだわるって。なんだかものものしいっていうか、ちょっと不安になってきた。よっぽど深刻な話？」

「いやいやいや。そんなに身がまえないでくれよ。ひさしぶりにいっしょに飲むんだ。ゆったり、まったりいこうや。ただ微妙といえば、たしかに微妙な話題なんだよな。もしかしたら例の十五年前の事件も多少、絡んでくるかもしれないし」

「なんだか知らないけど。ご期待に添えるのかな。あれって、うちの家族にとってはあんまり憶《おも》い出したくない話だし」

「まあなあ。そうだよなあ。なにしろあの事件のせいで、コーギイんちは一家離散の憂き目に遭っちまったんだもんなあ」

ハル兄ちゃん、どことなく茶化すような口ぶり。もしかして「一家離散」という劇的な言葉を使ってみたいだけなんじゃないのと勘繰ってしまうんだが、そもそも語義的に微妙に正しくない。両親の離婚当初、受験生だったぼくは母の実家から学校へ通っていたし、東京の私大へ進んだ後も帰省時には父の本宅と母の実家で、双方均等に過ごすようにしていたんだから。

「でも叔父さん、十数年越しに佐代子叔母さんと正式に再婚してよりを戻したんだから、なんともドラマティックだよなあ。やっぱりあれか。いろいろ他の女と付き合ってみて、改めて古女房のありがたさが身に沁みた、ってパターン？」

部外者はそういう類型的な理解でも差《さ》し支《つか》えないと言えば差し支えない。でも実情は、ちょっとちがう。おそらく世間的には、不義を犯した妻が怒り心頭に発した夫から三行半《みくだりはん》を突きつけられて家から追い出された、という構図に映っていて、それは一応そのとおりなんだけれど、そもそも父は母と離婚なんかしたくなかったのだ。

大袈裟《おおげさ》に聞こえるだろうが、父は母がいないと生きてゆけない人間なのである。表面的には如《い》何《か》にも昭和な亭主関白のふりをしつつ裏では日常生活のいっさいを妻に頼り切っている。そんな典型的ダメ男であるのはもとより、その実情以上に父は母に依存している。いや、依存というより、もはや殉教か。

ひとことで言うと、母は魔性の女なのだ。ただし、どこか外野から失笑混じりのツッコミが入る前に慌てて「あくまでも父の主観に於《お》いては、ね」という注釈を付けなければいけませんが。

男というのはどれほど熱烈な恋愛対象だった相手であろうが一旦妻となった女性からはいっさいの性的関心を失ってしまう生き物である、という見解がどの程度一般的なコンセンサスを得ているかはともかく。夫婦に限らず世の男女の関係性が普遍的に倦怠期《けんたいき》を内包するという定理に異論を差し挟む向きは多分少数派であろう。ところが、こと父に関してはこれが当て嵌《は》まらない。

「昼は淑女、夜は娼婦《しょうふ》」という言葉がある。男を虜《とりこ》にする女性のキラーコンテンツ。いわゆるギャップ萌《も》え、みたいなものか。現代のポリティカルコレクトネス的に適切な表現か否かはいまいちょく判《わか》らないが、少なくとも未だに昭和的マチズモ志向に囚《とら》われている父のような男にとっては女性のひとつの理想像であることはたしかなようだ。

通常その魅惑ポイントの有効性はせいぜい恋愛期間限定だろう。が、母の場合、息子が成人する年齢になってもなお、父にとっては己れの理想を体現してくれる存在であり続ける。いわゆる魔性の女たる所以《ゆえん》だ。

しょせん個人的幻想に過ぎぬとはいえ、ともかく父にとって母は女神にも等しい。表向きは女房たるもの三歩退《さ》がってオレに尾《つ》いてこい、みたいに封建的な亭主づらを決め込んでいるものの、ひとたび裏へ回れば、床に額をこすりつけんばかりにして母の爪先に口づけることも厭《いと》わない。

一応息子の立場としては説明していてちょっと引いてしまわなくもないんだけれど、まあ実情としてはそういう力関係なのである。父にとって母は絶対的盲従の対象であり、従って彼女の不倫などという瑣末《さまつ》な要因如《ごと》きでふたりが離婚に至る事態なぞ、本来なら絶対にあり得ないはずだったのだ。

しかし十五年前に発生した無理心中事件は世間体が悪すぎる、という意味において、さすがの父も他に手の打ちようがなかった。概要をざっと説明しておくと、あれはぼくが私立囲櫃《いひつ》学園中等部三年生だった二〇〇七年。九月十日、月曜日の朝。

夫の将光を仕事へ、息子の興起を学校へそれぞれ送り出した樋渡佐代子は雑用をかたづけた後、買物のため自宅を出たところで携帯にメールを受信。ちなみに母のみならず家族全員がまだスマートフォンではなく、ガラケーだった時代だ。

専業主婦である母にメールを送ってきたのは小深田玄斗、当時三十二歳。母が行きつけのヘアサロン〈シュ・サンク〉の美容師で、その内容は『いますぐ奥さんに会いたいんです。なにがなんでも、いますぐ会いたい』という、どストレートな逢瀬《おうせ》の打診。

後日、警察が履歴を調べたところ、小深田のメールは『昨夜、奥さんが色っぽい下着姿で夢のなかに登場してきて、ボクはもう辛抱たまりません。もやもや、むらむらしっぱなしで、いまにも暴発しそうなんです。なんとか鎮めてください』という大意の、かなり露骨かつテンプレな文面であったそうな。

母は母で、突発的なお誘いに浮きうきとだったかどうかまでは不明なれど、ともかく速攻で『いいわよ。じゃあいつものところで。それまで我慢がまん。独りでおいたしたりしちゃダメよ』と返信。これまたベタ過ぎるにもほどがあるというか、もう少し創意工夫ってものを考えろと息子の立場としては苦言を呈したいところだけれど、それはともかく。この「いつものところ」こそ、ここ〈龍胆ハウス〉一〇一号室なのであった。

両親がこのマンションに住んでいたのは新婚時のほんの短期間で、ぼくが生まれてすぐに戸建ての現在の住居へ引っ越す。その後、しばらくここは貸部屋にしていたのだが、その借り主というのがどうも、あまり筋のよろしくない方だったらしい。

不動産かなにかの経営者で、当初は夫婦で暮らすという触れ込みだったのが、蓋を開けてみると男の独り暮らし。どうやら別居中なのをいいことに妻とは別の複数の女性を、とっかえひっかえ部屋に連れ込んではよろしくやっていたのが、ある日たまたま一堂に会した愛人たちのあいだで激しい衝突が起こり、警察沙汰にまで発展したという話だ。そのトラブル後、当事者の男は一方的に賃貸契約を破棄し、どこか県外へ引っ越していってしまったのだとか。

その騒動に懲りた父はそれ以降、この部屋をむりに他人に貸したりはせずに、家族のセカンドハウスとしてキープしてゆこうと方針転換。ぼくも中学生になったのを機に、一〇一号室の鍵をもらった。

学校の試験期間中などにひとりで集中できる勉強部屋として、いつでも自由に使っていい、というのが表向きの名目だったが、そんなの単なる建前です、と改めてお断りするのもばかばかしい。誰も住んでいないんだから必要ないのに大型テレビなんかわざわざ置いてあったりしたら、そりゃあゲーム機だってこっそり持ち込んじゃうでしょ。

自慢に聞こえたらもうしわけないが、ぼくは昔から学校の勉強だけは得意中の得意で、仕事を辞めた後であっさり大学に入りなおせたのも偏差値の高さに自信があったからだ。その点に於いて両親の信頼は当時から篤《あつ》く、お蔭で分不相応とも言える個室を与えてもらったいち中学生が友だちを巻き込んでのゲーム三昧の日々と堕すまでに、さほど時間はかかりませんでしたとさ。

そんなぼくだったが、しかし事件が発覚するまで、母が〈龍胆ハウス〉を小深田玄斗との逢引に利用していた、などとはまったく気がついていなかった。

正直、母が浮気すること自体にさほどの意外性はないが、これはさすがに驚いた。え。えええッ？　よりにもよって多感な思春期の息子も鍵を持っていて自由に出入りできる部屋で敢《あ》えて、それをする？

なんと無謀な、とその大胆不敵さに呆《あき》れるばかりだが、おそらく母は母なりに目算があったのだろう。例えば男との密会は平日の昼間に限定すれば就業就学中の家族と鉢合わせしたりする恐れはない、とか。ラヴホテルなどを利用した場合、如何にもな場所に出没するところを万一知人に目撃されたりするリスクを考慮すれば、たしかに集合住宅のほうがまだ他の住人たちの姿に紛れられる分、安全だという考え方もあるのかもしれない。

しかしそれにしても、である。例えば不慮の事故かなにかで急遽《きゅうきょ》、臨時休校になり、一旦は登校していたぼくがその足で〈龍胆ハウス〉へ直行、なんて事態だって充分に起こり得る。それがたまたま母と男との逢引の日と重なったりするかもしれないではないか。もしもそんな展開になったりしたら、いったいどうするつもりだったのだ。

いや、母本人は存外けろっとしているかもしれないんだけど、血気盛んなティーンエイジャーだった当方はそうはいきません。素っ裸で若い男とくんずほぐれつの肉弾戦を繰りひろげている母親の姿なんかを目撃したりした日には超弩級《どきゅう》のトラウマ確定、まちがいなし。想像するだにホラーだ。

学校へ行っているはずの息子が不測の事態で、ひょっこりマンションのほうへ現れたりしたらどうしましょう、なんて想像力をこれっぽっちも働かせなかったのか否かはともかく。予定していた買物を早々と放っぽり出して、いそいそ〈龍胆ハウス〉へと向かう母。すると一〇一号室の玄関に小深田玄斗のものとおぼしき靴がある。

部屋の鍵は彼にも渡しているからそれはいいのだが、母が戸惑ったことには、なぜかそれ以外に、靴がもう一足。しかも見覚えのない女もの。それが乱雑に脱ぎ捨てられているのだ。

はて。これってどういうこと？　小深田以外にも誰か、ここへ来ているのかしら？　でも、これからアタシとしっぽりお楽しみタイムの彼が、わざわざ他の女をここへ連れ込んだりするはずないし。まさか玄斗クンたら、たまには目先を変えて３Ｐでもどうっスか、とかって無茶ブリを？　などと母がアダルトビデオばりの妄想と懸念にかられたか否かは神のみぞ知るだが。

あれこれ訝《いぶか》りつつ寝室へ赴いた母は、そこで吃驚《びっくり》仰天。ベッドの傍らの床に、男が仰向《あおむ》けに倒れているではないか。

小深田玄斗だ。よく見ると彼の身体《からだ》は頭部から背中にかけて傾斜をつけ、床から少し浮き上がっている。首にはシーツを裂いたとおぼしき紐《ひも》状の布が巻きつき、その端っこがベッドのヘッドボードの飾り棚の支柱部分に括《くく》りつけられていた。

首を吊《つ》って死んでいる愛人を目の当たりにし、腰を抜かしそうになった母はぶるぶる震えながら、ガラケーを手に取った。しかしそこで、すぐに一一〇番通報はしなかった。メールを打ったのである。相手は当時、大学院生だったハル兄ちゃん。

緊急時だというのになぜ、そんな奇妙な真似《まね》に及んだのか。その理由を母は警察に、こう供述している。

（小深田さんが死んでいるのを見て、とっさに、これはまずい、と焦ったんです。このままだと、彼とあたしの不適切な関係が白日の下に晒《さら》されてしまう。主人も息子も世間に合わせる顔がなくなってしまう。なんとか小深田さんの遺体を部屋から運び出して、どこか遠いところへ遺棄してこられないものか。そうすれば知らん顔ができる、と。そんなふうに魔が差してしまったんです）

しかし改めて考えてみるまでもなく人間、しかも平均以上の体格の成人男性の遺体なんてそうそう簡単に運び出せたりするものではない。ましてやどこか遠方に遺棄してくる、だなんて。少なくとも母単独では絶対に不可能だ。

（誰かに手伝ってもらわないと無理だ、助けてもらえそうなひとはいないかしら、と。そう必死で考えて、ふと思い浮かんだのが、甥《おい》の治之くんでした）

些か余談めくけれど、後日この一件を伝え聞いたハル兄ちゃん、ちょっと自慢げに鼻を膨らませたものである。

（なんだか嬉《うれ》しいよなあ。いや、判ってる。判ってるって。それはよくない。うん。よくないことですよ、そんな。警察や消防に通報もしないで変死体を勝手に遺棄する、だなんて。仮に佐代子叔母さんが、そんな暴挙に手を貸してくれと頼んできたとしても、おれはもちろん断ってた。絶対に断っていましたとも。でもさ。うん。そういう極限状況でさ、叔母さんが真っ先に頼りにしようとしたのがこのおれだった、っていうのはさ。なんていうか、うん。誇らしいっていうか、自尊心をくすぐられるっていうかさ。うん。ともかく嬉しいんだよね。率直に言って）

ハル兄ちゃん、どうも女性の趣味がうちの父と似通っているようでして。青少年時代からずっと母に憧憬の念を抱いていると公言してはばからなかったうえ、彼女の小深田玄斗との不倫が発覚して以降もそれは、いっさい揺るがず。幻滅どころか、ますます母に対する恋慕の念を募らせた節すらある。

清楚可憐《せいそかれん》な良妻賢母としての顔。そして淫蕩放埒《いんとうほうらつ》なニンフォマニアとしての顔。その二面的な混在性という激しい落差に萌えまくる辺りは、やっぱり昭和生まれのオトコだよなあ、とかって我が父と、ひと括りに評するのはさすがに偏見が過ぎようか。

たとえ母にであろうと違法行為を唆されたら絶対に断る、なんてハル兄ちゃん、威勢よく断言しているが、さて、それはどうだか。公平に言って怪しいものである。仮に色仕掛けで母に迫ってこられたりした日には、誰それさんを亡き者にしちゃってよ、なんて剣呑《けんのん》かつ極端な指示をされても唯々諾々と従ってしまうんじゃなかろうか。なんとも不穏当な譬《たと》えだけれど、それだけハル兄ちゃんは自分より二十近くも歳上の樋渡佐代子にべた惚《ぼ》れで、めろめろなのであった。

いや、いいんですよ、別に。個人の趣味なんだから。ただ、その思慕の念に水を差すような指摘をここでしなければならないのは、ちょっぴり心苦しい。

とっさの場面で母が連絡をとろうとしたのがハル兄ちゃんだったのには実にシンプルな理由があってその朝、彼に一度、電話をしようとしていたのだ。

（治之くん？　ひさしぶりい。元気？　ちょっと丈士《たけし》さんのことで訊きたいことがあるんだ。時間あるとき、連絡ちょうだい）という留守電が残っていて、丈士というのは母の姉の夫、つまりハル兄ちゃんの父親だ。なんでもその数日前に母は街なかで長船丈士らしき男性の姿を見かけたのだという。しかしその頃、義兄は夫婦で海外旅行中のはずで、おそらく他人の空似だろうとは思ったものの、どうも気になったので、それとなくハル兄ちゃんに探りを入れようとした。

そのときは留守電になっていてハル兄ちゃんが応答しなかったため、それっきりになっていたのだが。〈龍胆ハウス〉一〇一号室で小深田玄斗の遺体を発見し、泡を噴かんばかりに恐慌状態に陥ったときに母が、ふと憶い出したのがその朝、自分が架けようとしていた電話のこと。

（あ。そ、そうだ、治之くんッ）

これは穿《うが》ち過ぎた見方であることをお断りしておかなければならないが、母の思考経路として真っ先に思い浮かんだのは「愛人の遺体をなんとか始末しなければならない」という姑息《こそく》な企《たくら》みなんかではなく、ハル兄ちゃんのイメージそのものだったのではないだろうか？　つまり直近に電話した甥っこの存在が先《ま》ずあったからこそ、そこから遺体の運搬作業を彼に手伝わせられないものかとの荒技を考えついた、という。要するに発想の順番が逆だったのではあるまいか。

ひとの心の微妙な動きなんて客観的に観測できないし、しょせんは息子の欲目であることも重々承知だけど、ぼくとしては母が決して最初から変死体の隠蔽なる違法行為を目論《もくろ》んだわけではなく、あくまでも先ずハル兄ちゃんの存在が頭の隅に残留していたため、そこからとっさに安易な方向へ走る誘惑にかられて彼に縋《すが》ろうとしたのだ、というふうに解釈したい。まあ、それはともかく。

(そうだ、治之くんだ。彼なら若くて体力がありそうだし)と急いでメールを打った。ところが寝室を出ながら『いまどこ? すまないけど、すぐにあたしに電話ちょうだい』とハル兄ちゃんにメールを送信した母が、なにげなしにリビングへ行ってみると、なんと、そこにはもうひとり、死者が横たわっていたのである。

二十歳そこそこの若い娘で、母には見覚えがあった。〈シュ・サンク〉の従業員、平賀いづみだ。彼女は大型テレビの前のL字型ソファに四肢を放り出すような恰好で、こと切れていた。言うまでもなくこの平賀いづみこそが、玄関に脱ぎ捨てられていた女ものの靴の持ち主だったわけだ。

彼女の遺体を目の当たりにして茫然《ぼうぜん》となった母は、はっと我に返り、すぐにハル兄ちゃんにメールを打ちなおしたという。

『ごめん。さっきの、あたしに電話をお願いっていうメールのことは忘れてちょうだい。また今度、ね』

遺体が一体ならばともかく、二体もあっては助っ人をひとり調達したくらいでは、もうどうにもならない。それに小深田玄斗とは異なり、平賀いづみが誰かに殺されたことは、しろうと目にも明らかだった。

もちろん、ひとりまでならセーフでふたり以上はアウトなどという問題ではないが、自殺事案のみならず殺人事件をも隠蔽しようとしたとなると、ことが重大すぎる。そう観念した母は、そこでようやく一一〇番通報をした、という次第。

そんな母の証言に基づいて警察が再現した事件の経緯は、ざっと以下の通り。

メールで母との逢瀬の了解を取り付けた小深田玄斗は、すぐに〈龍胆ハウス〉へと向かう。ひと足先に到着した彼は、預かっている鍵で一〇一号室に入る。

少し遅れて女がやってきた。が、それは母ではなく、平賀いづみだった。

小深田玄斗は妻帯者だが、ヘアサロンの歴代の女性従業員には必ず手を出す男として有名だったらしい。ご多分に洩《も》れず平賀いづみとも深い関係に陥っていて、警察の調べによると、ただの遊びのつもりだった小深田とは対照的に、彼女のほうはかなり思い詰めていたようで生前（彼、近いうちに奥さんとは別れて、あたしといっしょになろうねって約束してくれているんだ）と親しい友人に、嬉しそうに洩らしていたという。

むろん平賀いづみも小深田の多情ぶりについて、ある程度は承知していたようだ。いずれ正妻の座を勝ち取れるのであれば彼の多少の女遊びには寛容にかまえる覚悟だったが、〈シュ・サンク〉の顧客のひとりである樋渡佐代子という女に関してだけは話が別だったらしい。

これまた親しい友人によると、平賀いづみは常々（彼がいくら他の娘っこたちに手を出そうが、あたしは平気。だけど、あの女だけは赦《ゆる》せないッ）と母を名指しで、憤懣《ふんまん》やるかたなしであったそうな。

（彼ったら口では、あんな大年増、ただのつまみ食いだよ、ただの気まぐれ、オレが本気で相手にするはずないだろ、とかって。真顔で余裕、吹かしてみせるわけよ。だけどバレバレ。完全に骨抜きにされちゃってる。そうなのよ、あんなおばさんなんかに。いったいどこが、そんなにいいんだか。ほんっとに、どこにでもいそうな、ただのおばさんなのにさ。あたしには、さっぱり判らない）

嗚呼《ああ》、なにごとによらず十把ひと絡げはよろしくないと自重しつつ、やっぱりこれも昭和生まれの男にかけられる呪いかなにかなのであろうか、と嘆かずにはいられない。小深田玄斗もどうやら父やハル兄ちゃんたちの同類で、母のようなタイプこそが魔性の女とするクチであった模様。

少なくとも平賀いづみの理解によれば、小深田玄斗の樋渡佐代子への執着ぶりは尋常ではなかった、ということらしい。表面的にはどれほど平静を取り繕おうが、単なる遊びの域を超え、身も心も彼女の虜囚と堕しているのだ、と。

こと母との関係については浮気ではなく本気だと、平賀いづみは危機感を抱いていたのだろう。本妻はもとより、他の遊び相手の娘たちの姿すら、もはや小深田玄斗の眼中にはない。彼のなかでは樋渡佐代子の存在だけが突出していて、あとの女性たちはみんな等しく横並び状態。

それはすなわち平賀いづみにとっては、自身もがその他大勢の女性たちといっしょくたに格下の範疇《はんちゅう》に貶《おとし》められることを意味する。その屈辱と憤怒が「あの女だけは赦せない」という激越な呪詛《じゅそ》の言葉となって吐露されたのだろう。

かねてより母を小深田玄斗から引き離すためには実力行使も辞さないと思い詰めていた平賀いづみ。ついに雇用主の男と顧客の女、ふたりの密会現場を押さえる機会を得て、直接〈龍胆ハウス〉一〇一号室へ乗り込んできた、というわけだ。

そこで具体的にどういうやりとりが交わされたかは想像するしかないが当然、小深田は彼女を追い返そうとしたのだろう。興奮状態の平賀いづみの説得を試みるも、うまくいかず。揉《も》み合いになるふたり。そして彼女はリビングのソファに押し倒される。

その際、彼女は近くにあったゲーム機を手に取り、反撃を試みたらしい。それが他でもない、当時ぼくの愛用のプレイステーション2である。なんとも傍《はた》迷惑な話だが、小深田の頭部にはそれで彼女に殴打されたとおぼしき裂傷があり、ゲーム機にも微量ながら彼の血痕と毛髪が残留していたそうな。

事件後、証拠品として警察に押収されたそのゲーム機はおそらく殴打の衝撃が原因と思われる不具合が生じて稼働しなくなり、結局は廃棄処分にせざるを得なかった。そんな多大な犠牲を払ってまで、というか見知らぬ他人であるぼくに勝手に強いてまで、奮闘した平賀いづみだったが。しかし必死の抵抗も虚《むな》しく、彼女はリビングのカーテンのタッセルで絞殺されてしまう。

図らずも殺人者となってしまった小深田。現場から逃走することも考えただろうが、逢瀬の約束をしている母がすぐにマンションへやってくる。彼女に平賀いづみの遺体を発見されたら、どうにもならない。もはや万事休すだ、と。

あるいはゲーム機で頭部を激しく殴打された影響で朦朧《もうろう》として、一時的に正常な判断能力を失っていたのかもしれない。すべて終わってしまったと絶望した小深田玄斗は寝室へ向かうと、べッドから剝がしたシーツを引き裂いて紐状にし、それで首を吊った。

こうして改めて詳細を説明してみると明らかだが、この事件を「無理心中」と称するのは、ほんとうは正しくない。「ある男が、女性を殺した後で自分も首を吊った」という事象のみがクロースアップされるとたしかにそんなふうに見えなくもないが、実際には小深田玄斗が平賀いづみを手にかけたのは、ゲーム機で頭を殴ってくる彼女への応戦の結果だったからだ。

マスコミは当初、こうした前後関係をまるで把握していなかったのだろう。テレビのローカルニュースの第一報は『市内の集合住宅の一室で、三十代の男性と二十代の女性が死んでいるのを住人が発見し、警察と消防に通報しました。ふたりのうち男性のほうは自殺と見られ、警察は現場の状況から、無理心中事件の可能性もあるとして調べています』というものだった。

第一発見者の母は厳密にはマンションの住人ではないという気もするが、まあ名義人の妻なんだから、部外者にとっては同じことかもだが、それはさて措《お》き。ぼくを含む関係者たちが未だにこの事件について語る際に「無理心中」という微妙に不正確な呼び方をするのは、単にマスコミの第一報の刷り込み効果だけが理由ではない。

もしも小深田玄斗に樋渡佐代子との関係を諦めさせることが叶《かな》わないのならばいっそ彼を殺して自分も死ぬ、と。思い込みの激しい性格ゆえ平賀いづみは、そこまで極端に走ろうとした可能性がある、と関係者たちの見解は一致している。だからこそ小深田玄斗のほうも、勢い余って彼女を死なせてしまうほどの反撃に出ざるを得なかったわけだ。

つまりこれはそもそも平賀いづみ側が強い殺意をもって仕掛けたという意味に於いて、無理心中事件の一種であると看做《みな》しても、あながち的外れではない。結果的に相手を死なせて自殺したのは小深田玄斗のほうなので、例えば警察の調書なんかは異なる表現で作成されているものと思われるが、少なくともぼくたちにとってはいまも本質的には無理心中事件として理解されている次第。

もちろんニュースなどで「樋渡」の苗字《みょうじ》はいっさい報道されなかったものの、ひとの口には戸を立てられない。従業員兼愛人の女性を殺《あや》めて自殺した小深田玄斗は実はマンションの部屋の持ち主の妻と不適切な関係にあり、事件当日もその部屋で彼女と逢引をする予定だったという、手を抜きまくり安直脚本の昼ドラもかくやなスキャンダルは瞬く間に世間に拡散されてしまう。

なまじ美人で貞淑なセレブ妻というイメージが先行していた反動からか、母の評判は地に墜《お》ち、それこそステレオタイプな魔性の女のレッテルを貼られる恰好に。それを母本人がどう受け留めたかはよく判らないが、少なくとも父にとっては大打撃だった。単に夫としての面子《メンツ》を潰された、という次元では済まない話だったからだ。

察するに、常日頃から美徳としての男尊女卑を標榜《ひょうぼう》するような、ごりごりの封建主義者を自任していたのが仇《あだ》になり、父は周囲からの無言の圧力に屈してしまったのだろう。すなわち、まさかアナタ、このまま妻の不貞を不問に付し、すべて有耶無耶《うやむや》にしよう、なんて古き良き昭和の日本男児にあるまじき、軟弱かつ言行不一致な対応でお茶を濁したりはしませんよね？　という。

もちろんそんなアナクロな批判は誰も口にしないばかりか考えてすらもいないわけだけど、父の耳には声なき声が勝手に聴こえてしまったのだろう。とにかくオレは威厳をもって対外的に判りやすい処罰を、不義の妻に与えてやらねばならん、そうしないことには家長として示しがつかんのだ、と思い込んでしまったというわけ。強迫観念的というか、ほとんど被害妄想である。

父はこうしたいわゆるオトコの沽券《こけん》という名のつまらない虚栄と独り相撲《ずもう》の果てに、母とはきっぱり離婚してみせざるを得なくなってしまった。誰に強要されたわけでもなければ、本音では絶対に別れたくなんかなかったにもかかわらず。

加えて離婚後の父ときたらそんな柄でもなければスキルも欠如しているくせに、せっせと婚活パーティーの類いに足を運ぶ始末。要するにこれもまた世間体対策の一環で「これこのとおり、自分はもう不義の妻のことなんざ、きれいさっぱり忘れておりますとも」アピールなのだ。あのですね、アナタが奥さんにどれほど未練があろうがなかろうが誰も気にしちゃいませんよ、と親身に教えてくれるひとがいなかったんだろうけれど、痛々しいというかなんというか。自意識過剰にもほどがある。

とはいえ父は家事がからきしで、自分の世話がまったくできないダメ人間だったため、適当な相手さえ見つかれば再婚する意思も一応はあったようだ。が、なんとか半同棲《どうせい》状態にまで持ち込めたケースもなくはなかったものの、結局うまくいかない。父の独善的な暴君ぶりにどの女性たちも愛想を尽かすという毎度お馴染《なじ》みパターンの繰り返し。

そりゃまあそうだろう。なにしろ父ときたら「夫婦間で対等な関係なんか求めてみたところで誰の得にもならない」などという暴言をクソ真面目《まじめ》に吐いてはばかることのない、筋金入りのメールショービニストだ。

「男なんて単純な生き物なんだから。うちの主人がいちばんエラい、と立てておきゃいいんだ。簡単な話じゃないか。嘘《うそ》でもいいんだから、せいぜいおだてておきゃ旦那はがんばって喰い扶持《ぶち》を稼いでくれる。女にとってそれがいちばん楽で、いちばんメリットのあるやり方なのに。やれ妻の主体性だの対等な関係性だのと、なぜわざわざややこしい自己主張をして男のやる気を削《そ》ぎ、共倒れになりかねないようなバカな真似をするんだ。オレにはまったく理解できん」云々《うんぬん》。

こうして引用するだけで震えがくるというか、SNSへ投稿したりしたら大炎上必至だが、この主張は物議を醸す以前に、実は父自身への特大ブーメランになっている。ことほどさように露骨に「女は男に隷属し、従順であれ」と力説している男だ、妻に浮気されたらそりゃあ離婚してみせるくらいしか為《な》す術《すべ》はなかろう。「オレは佐代子がいてくれないとダメな男なんだよう」という駄々っ子並みの本音とは裏腹に、自らを真逆の選択肢へと追い込まざるを得ない。そんな二律背反的な構図だ。

父ときたら洒落《しゃれ》でも冗談でもなく「佐代子ほどいい女はこの世にふたりといない」と心底信じているくせに、他の男どもが妻にちょっかいをかけてくるという、そんなありふれた事態すら想定したことがなかったのだろうか？　母がそれほど「いい女」であるのなら当然、夫としては覚悟しておくべきで、父自身の言い種《ぐさ》を拝借するならば、それは至って「簡単な話」だろう。

それこそ「嘘でもいい」から、父もリベラルなふりをしておけば、それで済んでいた話だ。「女だって男と同じ程度の好奇心もあれば欲望もあるさ」くらいの余裕をかましておけば、母の不倫が発覚しようがどうしようが平気の平左。体裁を取り繕うためだけ、などという不本意かつ不毛の極みな離婚をしてみせる必要なんかなかっただろうに。

かかる自縄自縛的な、めんどくさい性格が一朝一夕に改善されるわけもない。独身となった父の社会的地位や経済力に惹《ひ》かれて積極的にアプローチしてきてくれる女性も決して少なくなかったが、すぐに本性を見透かされ結局は、まともに相手にしてもらえないというていたらく。

このままお独りさまの老後、そして孤独死の未来へとまっしぐらだった父。さあ、そこへ、ひとり息子であるこのぼくが登場。東京での仕事を辞め、医学部に入りなおすべく地元へ戻ってくるよ、と宣言。

こちらとしては「跡を継ぐと言えば多分、無下に反対はされるまい」程度の見込みだったのだが、父はこれぞ好機とばかりに母を掻き口説いたんだそうな。いや、決して駄洒落のつもりはないんですが父曰《いわ》く「興起が第二の人生を歩むべく、医療の道へ進むことになった。そのためには、これから学業に専念できるように誰かが身の回りの世話をしてやらにゃならん。ついては母親であるおまえがいちばん勝手が判っていて、話も早いから。とりあえずうちへ戻ってきても、おれはかまわないぞ」うんたらかんたら。

「はあ？　なんじゃそら」と普通なら猛烈なツッコミが入って然《しか》るべきところだが。「戻ってきて欲しけりゃオマエのその無駄に上からで、おまけにクソ可愛《かわい》くもないツンデレっぷりを、なんとかしろや」などと野暮な返しを、賢明で一枚うわ手な母が表明するはずもなく。こうして両親は十数年ぶりに、めでたく復縁を果たしたのであります。

それに伴い、因縁の無理心中事件以降、空き家のまま放置していた〈龍胆ハウス〉一〇一号室も売却することになった。もともと売りに出してはいたのだが、事故物件だからって足元を見られて不当に安く買い叩かれたくない、という父の依怙地《いこじ》かつ強気一辺倒の交渉方針が祟《たた》り、長年ずっと宙ぶらりん状態になっていたのだ。

最愛の妻が自分のもとへ戻ってきてくれてよほど嬉しかったのか、父も以前よりは心が広くなったらしい。ずっと拘泥していた価格を大幅に下げた。しかも大型家具各種と全室エアコンやカーテンもまとめていっしょに、という大盤振る舞いの特典付き。

そこへ「おれが買います」と手を挙げてきたのがハル兄ちゃんだった。身内同士の気安さにもちゃっかり付け込み「叔父さん、もうひと声。ね。お願いします」と値切れるところまで値切って、現在こうして独身ながら4LDKの主におさまっている次第。

「そういえばさあ、コーギイはあれか。ひょっとしてそういう、叔父さんと叔母さんの急転直下な再婚劇を見越したうえで櫃洗へ帰ってくることにしたのか?」

言われてみれば、父がぼくのUターンをダシにして母とよりを戻そうとする流れはたしかに予想し得る展開ではあったが、正直まったく念頭になかった、というのがほんとのところである。

己れの人生の行く末の問題だけで一杯いっぱいで。

「その恩恵を受けて、おれもこうして、この若さで一等地に自分の城を構えることができたわけだけどさ」

「どうですか、住み心地《ごこち》は」

「快適だよ。うん。至って快適」

「幽霊なんかも出なくて」

「だから、ちがうって。今日わざわざコーギイに来てもらったのは、そんなオカルトな話をするためじゃないんだってば」

「なにか問題でもあったの、この部屋に。でも、だったらぼくじゃなくて、父に言ってもらわないと」

「厳密に言うと問題は、この部屋のことというよりも、その……」

言葉を選んでいるのか、しばし眉根を寄せて考え込むハル兄ちゃん。「鍵のこと、なんだが」

「鍵？　どこの」

「ここだよ。この一〇一号室の。って、あのなあ。この話の流れで、他の家の鍵のことなんか持ち出してどうするんだよ」

「ごもっともです。鍵がどうしたの」

「もともと何本あるんだ？　この部屋の正規の鍵って」

「何本？　えーと」

そんなことを訊いてどうするんだろと、こちらはますます困惑。「ひい、ふぅ。みの四本。ぅん。四本でしょ」

「だよなあ」

「え。あれ。ハル兄ちゃん、ここを買ったときに四本、もらってないの？」

「もらったよ、ちゃんと。叔父さんと売買契約を交わしたときに。きっちり四本、受け取りました」

「なら、いいじゃん」

「その四本だけなのかな。例えば合鍵とかスペアとか、ないのか。どうだ？」

「ないはず。ぼくが知っている限りでは、だけど。ここの鍵って、たしか登録制で」

「持ち主以外の者が勝手に合鍵を作製できないはず、なんだよな。うん」

「どうしたの、ハル兄ちゃん。ひょっとして空き巣にでも入られた？」

「ちがうちがう。いや、ま、そんなふうに勘繰っちまうよなあ、こんな、持って回ったような言い方をしていちゃ」

「どういうことなの。ねえ。ここの鍵のなにがそんなに問題なのか、もっとよく判るように説明してもらわないと。こちらとしても、なんとも」

「もったいぶっているみたいでもうしわけないが、もう少し辛抱してくれ。その四本の内訳だけど、もともと誰と誰が、それぞれ何本ずつ持っていたんだ？」

「ハル兄ちゃんがここを買う以前は、ってこと？　普通に家族がそれぞれ一本ずつ。父が一本、母が一本。ぼくが一本」

「で、残りの一本は、例の佐代子叔母さんの不倫相手の。誰だっけ。小深田か。そいつに渡していた、と」

「ううん。ちがう」

「ん？　だって、おまえ」

「たしかに小深田にも鍵を預けていたけど、そっちは本来、父の分だったやつ」

「えッ。叔父さんの鍵を？」

噎《む》せたみたいに唇の端っこから水割りの雫《しずく》をこぼしたハル兄ちゃん、眼を白黒。「は。え。つまり叔母さん、お、夫の分の鍵を不倫相手に預けてた、ってこと？」

「そういうこと」

「え、えと。まさかそれ、叔父さんも承知のうえで、ってわけじゃないよな」

「もちろん父には黙って。勝手に。どうせ父は、自分は住んでもいないマンションの部屋だもの、掃除などの管理も母に任せっぱなしで。自分の分の鍵が見当たらなくても、なんとも思わない。

っていうか、失《な》くなっていること自体、気づきもしないだろうから、だいじょうぶ、とかって。いや、ぼくも後になって知ったんだけどさ」

「叔母さんらしいっちゃ、ものすごく叔母さんらしいけど。それにしても大胆というか、なんというか」

「実際、母の見立て通りだったしね。その鍵は警察が小深田玄斗の所持品のなかから押収して、事件後に返却されたんだけど。父はそこでようやく、自分の分をずっと持っていなかったことに気づいたらしい」

「やれやれ。知らぬは亭主ばかりなり、にもほどがあるな。じゃあ残りの一本は誰が持っていたんだ？」

「箱崎《はこざき》くん。箱崎祥太郎《しょうたろう》くんといって、囲櫃学園でぼくの同級生だった子」

「へえ。なんでその子に、ここの鍵を？」

「ゲーム仲間だったんだ」

「ああ、そういう。なるほど」

「放課後に、ここでプレステとかやってたんだけど。いつもいっしょに下校できるわけじゃないんで。箱崎くんがひとりでも立ち寄れるようにと。もちろん母にはちゃんと了解をとって、鍵を預けてた」

「それはいつ頃？」

「中等部に入学してから。でも事件以降は、すぐに返してもらった」

「さもありなん。なにしろ、とんだとばっちりで肝心のゲーム機が壊れて、使えなくなっちまったんだもんなあ」

「もちろんそうなんだけど、それだけじゃなくって。事件現場の部屋の鍵を、所有者の息子の友だちとはいえ部外者が持っていただなんて、うっかり知られたりしたら、痛くもない腹を探られるというか。なにかめんどうなことに、なるかもしれないでしょ」

「たしかに」

「だからくれぐれも、鍵をぼくから借りていたってことは誰にも言わないほうがいいよ、と釘《くぎ》を刺して。まあ幸い警察は、箱崎くんのところへ話を聞きにきたりはしなかったようだけど」

「コーギイの同級生ってことは、当時」

「中等部の三年生」

「歳も同じ、そのとき十五くらい、か」

なにがそれほど悩ましいのか、低く唸《うな》り声を上げて腕組み。「ひょっとして。うーん、ほんとにほんとにひょっとして、だけど。その箱崎って子、付き合っている彼女とか、いたりした？」

「カノジョ？」

「ただの友だちとかじゃなくて、恋人というか、けっこう深い仲の」

「んなわけ、ないじゃん」

思わず噴き出してしまった。「箱崎くんって気はいいけど、も、ぜんっぜんモテるタイプじゃないし。全然。だいいち、もしもそんな深く付き合う彼女がいたりしたら、毎日のようにぼくといっしょにここでゲーム三昧なわけないじゃん」

「そっか。うーん」

「あ。でもでも、高校生になってから後のことは知らないよ」

ぼくだって女の子にモテないという点に関しては目糞鼻糞《めくそはなくそ》の類いだったと反省し、無駄に上から な笑いを引っ込めた。「ここの鍵を返してもらった後は、いっしょに遊ぶ機会もめっきり減って。高等部に進級してからは、ぼくが理系コース、箱崎くんが文系コースとクラスが別々に分かれたこともあって、すっかり疎遠になっちゃったし」

「なるほど」

がしがし頭を搔くと、憮然《ぶぜん》とした表情で水割りをひとくち。「なるほどね」

「なんなのいったい。そろそろ、ちゃんと説明して欲しいんだけど」

「じゃあ、いきなり爆弾発言を投下しちゃうけどさ。実はおれ、結婚しようかなあ、と思っているんだよね」

「ふううん」

「こらこら。そんなもろに懐疑的な、半笑いの眼で見るんじゃありません。いつもの冗談にしか聞こえないのはおれの日頃の行いが悪いからしょうがないんだが、今回ばかりはマジ。ほんと。ガチで。本気なの」

「へええ。それはそれは」

ガチだ本気だと強調されればされるほど、こちらは半信半疑になってしまう。これもハル兄ちゃんの徳の低さの賜物か。「まことにおめでとうございます」

「眼が死んでるぞ、おまえ。その棒読み、まだ全然、信じちゃいないな」

「いえいえ。そんなことないですよ。で、お相手の女性は？」

「ミサキちゃん。っても、それは〈ハニーギャロップ〉での源氏名なんだが」

〈ハニーギャロップ〉とは、ハル兄ちゃんがコロナ禍以前から接待でよく利用しているバーラウンジだという。ちなみに彼は現在、友人たちと地元で起業したＩＴ関連会社の共同経営者である。

「知り合ったのは四、五年前だけど。同伴やアフターが急に増えて親しくなったのはこの春頃から、かな。いわゆる美人ていうんじゃなくて、どちらかといえばファニーフェイス系の可愛い娘《こ》でさ」

いそいそとハル兄ちゃん、スマホを取り出した。見せられたのは、前髪のサイドがふんわり撥《は》ねたフェザーバングカットの瓜実顔《うりざね》の娘が笑顔でピースサインをしている画像。これがミサキちゃんだという。

一瞬ぼくは、なんとも奇妙な感覚に囚われた。あれ、このひと？　どこかで見た覚えがあるような気がする。でも、知り合いにこういうタイプの女性はいないはずだしと、すぐに思いなおした。このときは。

スクロールで立て続けにミサキちゃんの画像を見せられる。そのうちの何枚かはハル兄ちゃんと頰と頰を寄せ合うツーショットだ。いずれも彼女への入れ込み具合が如実に伝わってくる、でれでれっぷり。こちらが気恥ずかしくなる。

愛嬌《あいきょう》たっぷりで、ぱっと見、女子高生だと紹介されても鵜呑《うの》みにしてしまいそうなミサキちゃんだが、実年齢はいくらそれとなく訊いてみても「永遠の二十四歳でーす。てへ」とかって、ごまかして教えてくれないんだそうな。多分ぼくとあまり変わらないくらい、つまり三十前後ではないか、というのがハル兄ちゃんの見立て。

「さて。前振りばかり長くなってもうしわけない。ここからようやく本題なんだが。このミサキちゃんをほんの先月、アフターのついでにここへ連れてきたんだよ。初めて」

ふたりでけっこう酔っぱらい、どう、今夜はひとつ、おれんちへ来てみない？　え、いいの？　やったあ、行くいくう、などと盛り上がった勢いで、マンションの前にタクシーを乗りつけたのだという。

「ミサキちゃん、いつもノリのいい娘なんだけど、その夜は特にご機嫌で。建物の共同玄関の前でふいに、ぴたッと立ち止まったと思ったら扉を指さして。わはーい、なにこれ、自動ドアになっちゃってるう、なんて。はしゃいじゃってさ」

なんだろうこれ。なにを聞かされているんだ、ぼくは。いわゆる馬鹿ップル的なのろけかよ。そう苦笑しかけて、ふと違和感を覚える。しかし自分がなにに引っかかったのか、とっさには判らなかった。

「エントランスホールへ入ってオートロックを解錠したら、ミサキちゃんはひとりで、さっさとエレベータの前を通り過ぎて奥へ向かった。おれはといえば、帰宅したときのいつもの癖で郵便受けをチェックしていたんで少し遅れて。どうでもいいけど人間、どんなに酔っぱらって浮かれていても身体は律儀にルーティン通りに動いちまうものなんだな。で、郵便物がないのを確認して、手ぶらでミサキちゃんの後を追いかけたら、彼女はもう一〇一号室の前で待っていて」

「ちょ、ちょっとまって」

先刻の違和感の正体に思い当たったぼくは慌てて口を挟んだ。「それって、えと。ちょっと待って。さっきハル兄ちゃん、なんて言ったっけ。初めて彼女をここへ連れてきた、みたいな言い方をしなかった？　つまりそれって、ミサキちゃんがこのマンションへ初めて来たときの話……ってこと？」

気が急《せ》いてか妙にくどい喋《しゃべ》り方になってしまうぼくに我が意を得たりとばかりに、ぱちんッ。芝居がかった仕種で指を鳴らしてみせるハル兄ちゃんであった。

「初めてだったよ。少なくとも、おれが連れてきたのは」

「だ、だったら、さ」

無遠慮にひとさし指を突きつけられ、のけぞってしまう。「だったら、ちょっとおかしくない？　だって……」

〈龍胆ハウス〉はワンフロアあたり六世帯のマンションである。けれど一階に限ってはここ一〇一号室、いち世帯しかない。そのためか間取りも含めてこの部屋は、かなり変則的な造りになっている。

なんの予備知識もなくここを訪れたひとはかなりの確率で、建物の住居区画は二階から上なのかとかんちがいするだろう。なぜなら一〇一号室の玄関は、一階のエレベータの乗降口の前を通過して、さらに奥に在る。一見この先にはトランクルームか配管室か、ともかく共有設備の類いしかないだろう、と思われるようなエリアにまで敢えて入り込んでゆかなければならない。

隠れ処《が》的な趣向を意図されての構造かどうかは判らないが、初めてマンションを訪れるひとは一〇一号室へ辿《たど》り着くのにけっこう難儀するのが通常のケースだ。少なくとも独力で、なんの迷いもなく玄関へと直行できる者はほぼ皆無と断言しても差し支えあるまい。え。なのに、どうして？

「恥ずかしながらおれはそのとき、変だとは気づかなかった。ほんのこれっぽっちも。やあ、どもども、おまたせー、とかって。玄関のドアを開けて、彼女を室内へ招き入れたんだ。まあ、酔っぱらってたしさ。初めて彼女を我が家へ連れてこられた、ということで有頂天にもなっていたし」

部屋へ入ったミサキちゃんは（おー、やっぱ、ひろーい）と、はしゃぎながら勝手知ったる所作でずんずん廊下を進むと、リビング内をくるりと一周。そして（おー、植え込みもずいぶん、すっきりい）とガラス戸越しに外を眺めたのだという。（やっぱ庭付きって贅沢《ぜいたく》で、いいよねえ）と。

一〇一号室は世帯専用庭園が隣接しているのがひとつの売りだ。むろんそのミサキちゃんなる女性が、部屋の玄関の変則的な位置のことも含めて事前にハル兄ちゃんからいろいろ教えてもらっていたのだとしたら、なんの不思議もないわけだ。が、しかし。

「おれはただ、興味があるなら自宅へ来てみないか、と彼女を誘っただけで。事前にマンションの名前すら告げていなかったんだ。ましてや部屋に専用の庭が在る、だなんてひとことも言っていない。だけどこの点についても、その場ではまったく気がつかなくてさ。なんとも迂闊《うかつ》なことに。何日か経《た》った後で、ようやく。あれ？　ちょっと変じゃないか、と疑問に思い始めた」

いや、いやいや。それは、ちょっとどころの騒ぎではない。仮にハル兄ちゃんがいま細部に至るまで正しい記憶に基づいて話しているのだとしたら、ミサキちゃんがこの部屋を訪れるのは、そのときが初めてだったとは到底考えられない。まずまちがいなく彼女はそれ以前にも来たことがある。

しかも御用聞きみたいに玄関先で住人と立ち話をしただけ、なんてレベルではない。しっかりと内部に、リビングにまで入ってきているはずだ。

「てことはミサキちゃんて、おれがそれまで全然知らなかっただけで、実はコーギイ一家の誰かと、それなりに親しい間柄のひとだったのか、と」

「そう考えられるよね、当然」

「じゃあ叔父さんの知り合いだったのか、と思ったんだよ。真っ先に。例えば叔父さんも〈ハニーギャロップ〉の常連とかでさ」

「なるほど」

「だとしたら、ミサキちゃんをなにかの折にこの部屋へ連れてくる程度には親しかった、ってのもあり得るだろ」

「まあね」

「先日たまたま会う機会があったんで、それとなく訊いてみたんだ。でも叔父さん、知らなかった。そもそも〈ハニーギャロップ〉へ行ったこともなければ、奥仲美咲《おくなかみさき》という名前も初めて聞いた、って」

奥仲美咲？　って。おやおや。お店の源氏名がミサキちゃんだなんて言うから。どういう由来かなと思っていたら、本名そのまんまなのか。

「ふうん。初めて聞いた、ときましたか。ほんとかなあ」

「そりゃ、ほんとだろ。おいおい。なんで叔父さんがそんなことで、おれに嘘をつかなきゃいけないの」

父は他人の、特に女性の名前を憶《おぼ》えるのが壊滅的に苦手なので、初めて聞いたんじゃなくて単に忘れているだけ、という可能性もあるのだが。まあお店へ行ったことがないのなら、ほんとに知らないのだろう。

「叔父さんじゃないとしたら、佐代子叔母さんつながりなのか。でも、それもおよそ、ありそうにないしな」

「なんで？　判らないじゃん、それは。誰と誰にどういうつながりがあるか、なんて。それとも本人に訊いてみた？」

「いや。実はここにひとつ、重要なポイントがあるんだ。それは、ミサキちゃんを連れてきたときの彼女の第一声。曰く、なにこれ、自動ドアになっちゃってるう、という」

そうだ。それこそまさしくぼくも、いちばん最初に違和感を抱いた点である。

かつて〈龍胆ハウス〉の共同玄関は観音開きの手動扉だった。そこから管理人室とインタホンパネルが設置されているエントランスホールへ入ると、さらにエレベータホールに通じるオートロックの扉があって、こちらは訪問客のために各世帯から解錠できる仕様の自動ドアだ。どうして最初から両方とも自動ドアにしておかなかったのかは不明だが、ともかく以前、ぼくが連日このマンションに出入りしていた頃は、そういう造りになっていたのである。

「管理人さんに訊いてみると、ここの共同玄関のほうの扉を手動から自動ドアに取り換えたのは、二〇〇八年初頭だったんだってさ。というのも……」

もともと手動の観音開きの扉は、買物などで両手が塞がっているときに不便だ、と住人たちには極めて不評だった。しかし自動ドアに取り換えて欲しいという要望は、マンションの自治管理組合の総会で何度も議題に挙げられながらも、なかなか実現には至らなかったという。

その風向きが一気に変わったきっかけというのが他でもない、前述の十五年前にこの一〇一号室で起こった、小深田玄斗と平賀いづみの無理心中事件だったのである。

「あの事件で俄然《がぜん》、問題視されたのが、マンションの共有部分に防犯カメラが一台も設置されていない、という点だった」

父が〈龍胆ハウス〉一〇一号室を購入したのは一九九〇年頃。バブル時代の名残《なごり》というか、当時としてはかなりスタイリッシュな部類のデザイナーズマンションだったと聞いているが、いまや築三十二年ほど。外観的にいささか古めかしい印象は否めない。時代的な要因の有無は不明だが、たしかに当時の〈龍胆ハウス〉には、現在の新築物件ではあたりまえの防犯カメラが、まったく設置されていなかった。

「外部の複数の人間が勝手に建物内に出入りした挙げ句に変死を遂げたというのに、その足どりを追って確認できる手だてもない、というのは如何《いかが》なものかと。それだけじゃなくて。当時ここには宅配ボックスなんかもなかった、って言うんだから。いまの感覚からすると、ちょっと」

「なんだかなあ、だよね」

「インタホンにしても、モニターなしの音声のみ、なんて。いまどき信じられない、というか。そういや管理人さんておもしろいひとで、このマンションを評して、クラシックな稀少《きしょう》性の高い物件ですから、だとさ。いったいどちらを向いて気を遣っているのかまるで謎なお追従で、そこはおれ的にはちょっとウケたけど。当時の住人たちにしてみれば可笑《おか》しくもなんともないわな。事件が契機になって急に、古臭くて設備上の欠陥だらけじゃないか、との不満が募ったってわけだ」

　防犯上の問題解消はもちろん、この際マンションの資産価値に影響しそうな欠点はできる限り改善してゆこうと、それまでの自治総会での議案の停滞ぶりが信じられないくらいさくさくと可決また可決が相次いだという。なにか重大事が勃発しない限り話が前に進まない、という摂理は何処《いずこ》も同じである。

　こうして防犯カメラがマンションの各要所に設置されたのを皮切りに、住人用宅配ボックスも導入され、評判の悪かった共同玄関もようやく自動ドアに取り換えられた。十五年前の無理心中事件以降ずっと、ぼくがこのマンションから遠ざかっているあいだに、集合住宅としての改革が一気呵成《かせい》に進んでいた、というわけである。

「改めて確認すると、ここへやってきた彼女の第一声は、なにこれ、自動ドアになっちゃってるう、だった。つまり仮にミサキちゃんが昔このマンションへ来たことがあるのだとすれば、それは二〇〇七年のあの事件よりも前だった、ってことになる。だろ」

「うん。そうなるね。多分」

「てことは、ミサキちゃんとつながりがあったのが佐代子叔母さんだとは、ちょっと考えにくい」

「え？　どうして？」

「だって叔母さんは当時、小深田玄斗という男との不倫関係が進行中だったんだからさ。その密会に使っていたこの部屋に、うっかり他の女が出入りしたりするような隙をつくるわけはないじゃないか」

「えーと。うん。まあ、そういえば、そう、なのかなあ」

一応それなりの理屈のように聞こえるものの、いまいちすっきりしない。とはいえ、たしかに母がそのミサキちゃんという女性と知り合いだとは、ぼくにも思えない。

「父とのつながりでもない。母とのつながりでもない。とすれば、あとは」

「そう。コーギイとのつながり、くらいしか考えられないだろ」

「なるほど。ようやく今夜のこの飲み会の主旨を理解いたしました。ほんとに長い前振りだったね。だけど、ぼくだって奥仲美咲さんなんてひとは知らないよ」

「聞き覚え、ない？」

「全然」

「うーん。もう一度訊くけど、コーギイがこの部屋の鍵を持っていた時期っていうのは、厳密には？」

「中一から中三の秋頃。いや、九月だったから夏頃まで、かな。とにかく二〇〇五年から二〇〇七年まで」

「その期間中に、例えば可愛いクラスメートの女の子を、ここへこっそり連れ込んだりした、なんて覚えは」

「そんな嬉しい出来事があったなら、いちいち訊かれなくても、とっくに大威張りで自己申告してるって」

「だよなあ」

「だいたいさ、そのミサキちゃんてひとが、ぼくと同年輩だっていうのは、たしかなことなの？」

「さて。それがなあ、なんとも、というか。どうもなあ」

「あのねえ、ハル兄ちゃん。仮にも結婚したいと思っている相手なんだから。永遠の二十四歳でーす、なんていつまでも、はぐらかされている場合じゃないでしょ」

「そうなんだけどなあ」

「出身は？　地元なの」

「それはまちがいないようだ」

「じゃあ彼女が、どこの中学校だったとか、高校だったとか。そんな話をしたこともないの？例えば、もしも囲櫃学園の出身なら、同窓会名簿にミサキちゃんの名前が載っているかも」

「それな。うん。それは真っ先に、おれも考えた」

ハル兄ちゃんもぼくと同じ私立囲櫃学園のＯＢだ。十年毎《ごと》に改訂される同窓会名簿を、母校への寄付といっしょに毎回購入するようにしているというから、昨年刊行されたばかりの最新版を持っているはずだが。

「じゃ、ちょっと見てみようか」

その如何にも思わせぶりな態度と口調からして、ハル兄ちゃんがとっくに同窓会名簿をチェック済みなのは明らかだ。当然『奥仲美咲』の名前は掲載されていないものと、ぼくは決めつけていたのだが。

ハル兄ちゃんが持ってきた改訂版の索引を見てみると、ちゃんと『奥仲美咲』があるではないか。ただし、住所が佐賀県唐津《からつ》市になっている。詳しい番地や電話番号などは記載されていない。

「えと。御園生《みそのう》美咲？　旧姓が奥仲、か」

結婚しているようだ。おまけに彼女の名前が記載されたページの項目は『平成二年三月高等部卒業生』となっている。普通に考えればこの旧姓奥仲美咲さんは昭和四六年、つまり西暦一九七一年頃の生まれで。現在の推定年齢はおよそ五十一歳。

おや、と特に眼を惹かれたのが彼女の職業欄だ。『俳優業』とある。

「え。女優さん？　はて。櫃洗出身で、しかも囲櫃学園のＯＧで？　映画とかドラマに出演しているひとなんて、いたっけ」

「おれも聞いたことがないな。俳優といっても、あんまりメジャーじゃないのか。それとも芸名で活動しているのか」

たとえ一般的にそれほどメジャーではなくても芸能人や文化人にはそれなりに熱心なファンが付くものだ。彼女が名簿に詳しい番地や電話番号を載せていないのはストーカー対策の意味合いもあるのかもしれない。

「たしかに奥仲美咲さんは、こうして卒業生のなかにいるけど。でも、これは……」

「いくらなんでも、そのひとがミサキちゃんってことはあり得ないよな」

同窓会名簿を閉じるぼくにハル兄ちゃん、皮肉っぽく笑いかけてくる。「念のためにお断りしておくが、もしも相手が自分よりひと廻《まわ》り以上も歳上の女性だったりしたら、いくらおれでも、そりゃ判るぜ」

「そんな、ムキにならなくても。ハル兄ちゃんがそこまで鈍感だなんて、誰も思っちゃいませんよ」

そう軽くいなしたものの、疑わしいといえばたしかに疑わしい。仮に五十代の女性が自分は三十代だと年齢詐称して肉体交渉に臨んだとしても、ハル兄ちゃんは全然気がつかないんじゃないかしら、というのが正直なところなんだが。まあ現住所が佐賀県で既婚者だし。この『奥仲美咲』さんはミサキちゃんとは同姓同名の別人である、と看做しても多分まちがいあるまい。

「他に奥仲美咲さんて名前のひとは卒業生のなかには見当たらない。てことは、ミサキちゃんは囲櫃学園出身ではない」

「ちなみにこの同窓会名簿には、転校などの諸事情によって卒業していないひとの氏名も別項で記載されるからな。中退者でもないわけだ、彼女は」

「そう確認された以上、ミサキちゃんとぼくとの接点なんかありっこないじゃん」

「コーギイ本人の、ではなくとも。知り合いの、そのまたさらに別の関係者という、つながりなのかもしれない」

「箱崎くんのことを言ってるの？　でも、彼にしたって明らかに条件的にはぼくと、なんら差はないじゃないか。同じ学校の同級生なんだし」

「その箱崎くんに、例えば他校在籍の女子生徒の彼女がいた、とか」

「だから、あり得ないって。さっきも言ったでしょ。モテるとかモテないとかの問題じゃなくて。もしも彼が特定の女の子と付き合ってたりしたら、いつもつるんでいたぼくが気がつかないはずがないよ。絶対に」

「そうかなあ」

「そもそもハル兄ちゃん、そこまで気になるのならさ。そのミサキちゃんに直接訊いてみればいいじゃないか。ほんとは何歳なの？　おれのマンションへ昔、来たことがあるんじゃないの？

って。ストレートに」

「いやあ、ごもっともなんだけど。それはなあ。やりたくないんだよなあ、できれば。だって、ほら。彼女の過去をあれこれほじくって詮索しないと気の済まない器の小さい男、みたく思われそうで」

「だったら気にしないこと。いっさい。瑣末事は潔く忘れて。なにがあろうとワシゃあ驚きませんぞと、どっしり鷹揚《おうよう》にかまえる。いよッ。社長」

「そんなの無理だ。気にするなって言われても気になるよ。だってさ。この背景にある裏事情って、なんだか彼女の元カレがらみ、っぽいんだもん」

「元カレ？　あのねえ。んなわけないって、いったい何度言えば」

「ちがうちがう。箱崎くん本人の話じゃなくって。当時ミサキちゃんと親しかった男がいて、そいつが箱崎くんとつながりがあったとか、そういう事情かもしれないだろ」

「ミサキちゃんの元カレが？　箱崎くんとのつながり、って。例えば、どんな」

「えーと。そうだな、彼の兄弟とか」

「そういえば箱崎くんには、ちょっと歳の離れたお兄さんがいるって聞いたな。ぼくは会ったことはないけど」

「ほら。ほらほら。な。例えばそういうケースもあるわけだ。な」

「彼のお兄さんがミサキちゃんの元カレ、っていうのは多分、ちがう」

「なんで？」

「え。いや……」

自分でもわけが判らなかったが、ふと、なんだか途轍《とてつ》もなく嫌なことを憶い出しそうな気がして、ぼくは慌てて言い添えた。「よく知っているわけじゃないけど。そのお兄さんて、あんまり女の子受けがよくない、みたいな話を聞いたことがあるような」

「もちろん兄弟じゃなくても、彼とは学校の部活かなにかの先輩後輩の間柄だったとか。誰かほら、そういうやつが」

「ばりばりの帰宅部でしたよ、箱崎くんは。ぼくと同様」

「とにかく、なにかあるんじゃないか、と思うんだが」

「そりゃあね。もちろん。ミサキちゃんの元カレがたまたま箱崎くんの知り合いだったかもしれない、っていう可能性だけならば、いくらでも」

「そいつに又貸ししたのかもしれんぞ」

「え？」

「箱崎くんは預かっていたこの部屋の鍵を、そいつに又貸ししたのかもしれない。あ。いやいや。コーギイの友だちのことを貶めるつもりは全然ないんだ。その点はくれぐれも誤解のないように。まあ聞いてくれ。例えば、だ。箱崎くんはその知り合いに脅されて仕方なく、こっそり融通せざるを得なかったのかもしれない」

「どういうシチュエーション？　脅されて仕方なく、って」

「具体的には想像するしかないが、ひとくちに知り合いといってもいろいろだ。箱崎くんにしてみれば、友だちの信頼を裏切る行為だと判っていてもなお、抵抗できないような力関係のやつだったかもしれない」

「仮にそんなやつがいたとして、だけど。なんのためにわざわざ箱崎くんから鍵を巻き上げてまで、この部屋を使いたいわけ？」

「そりゃあ事情は、ひとそれぞれだが。いちばんありそうなのは、ラヴホ替わりかな、やっぱ。ここならタダでできるし。まあ箱崎くんには口留め料として幾らか渡していたかもしれんが」

もしもし、ちょっと。まさか、それって本気で言ってんの？　と内心ぼくは呆れ果ててしまった。ハル兄ちゃんの表情を見る限り、ご本人としてはあくまでも大真面目に自説を開陳しているつもりのようだ。が、そんなことはあり得ない。

これは例えば母が家族に隠れて〈龍胆ハウス〉を男との密会に利用するケースとは事情が根本的に異なる。前述したように母の場合は父が仕事中、ぼくが授業中である時間帯を狙えばそれでいい。しかし。

仮に箱崎くんから鍵を又貸ししてもらっていた人物が実在するとしてもその彼、もしくは彼女にとって、この部屋の使い勝手は五里霧中だ。そいつがぼくたち樋渡家の内情を知る術のない部外者である限りは。

絶対に邪魔が入る恐れのない時間帯というものを絞り込めない以上、いつ部屋の所有者やその関係者らが〈龍胆ハウス〉へやってくるかは予測不能。そんな不確実性の塊りのような赤の他人の家を敢えて選んで、わざわざそこで不埒《ふらち》な真似に及んで、それでいったいどういうメリットがあるというのか。

ラヴホ代を浮かせられるじゃん、とハル兄ちゃんはあくまでも主張するつもりなんだろうか。いやいやいやいや。そんなものは到底割に合いません。

例えば箱崎くんからむりやり鍵を借り受けた男が、ラヴホテル替わりにこの部屋へ女の子を連れ込んだとして。そこへなんらかの不測の事態で父か母、もしくはぼくがやってきたら一巻の終わり。

慌ててドアチェーンを掛けたって無駄である。インタホン越しに誰何《すいか》されても応えようがない。施錠されているにもかかわらず室内からなんの応答もなければ、すわ急病人か不法侵入者か。いずれにしろ早晩通報されるのは確実で、到底洒落では済まない。

当該の男女はもとより、鍵を又貸しした箱崎くんの立場だって極めてまずいものとなってしまう。そんな最低最悪の展開なんて容易に想像がつきそうなものだ。

「もちろん箱崎くんとしては、コーギイを裏切るような真似はしたくなかった。が、なにしろまだ中学生だったんだし」

こちらの胸中を読み取っているのか、やや自信なさげに肩を竦《すく》めてみせる。「相手が歳嵩《としかさ》のおとなだったとしたら、な。抵抗しきれなかったのかもしれない。だろ」

「どう考えてもリスクが大き過ぎる。箱崎くんにとって、じゃないよ。むりやりこの部屋の鍵を巻き上げてまでラヴホ代を浮かそうって了見の輩《やから》にとって。そんなやつがほんとにいるとして、だけどさ。たとえそいつが度し難い吝嗇家《りんしょくか》で、かつ箱崎くんにはなんでも命令できる立場だったとしても、もっと賢いやり方を選ぶに決まってるじゃん。普通の知能の持ち主であればね」

「いちいちごもっとも。だけどさ。十五年かそれ以上前に関係者の誰かが、ミサキちゃんをこの部屋へ招き入れたことはまずまちがいない。そうだろ。それが叔父さんでもなければ叔母さんでもないのだとしたら、コーギイの友だちの箱崎くんつながり、だったとしか考えられないじゃないか」

そうだろうか。母はともかく、父の可能性を、そんなにあっさり排除していいものか。例えば奥仲美咲は父のクリニックで受診歴があるとか。そういう接点があるかもしれないし、その場合、父が彼女の名前を憶えていなかったとしてもちっとも不思議ではない、と思うのだが。

なぜだかハル兄ちゃん、そっち方面を検証しようとする気配は皆無。「鍵の又貸し説は撤回する。蒸し返すようですまないが、ミサキちゃんはやっぱり箱崎くん本人の知り合いだったんじゃないかと。いや、まて待て。男女の色恋がらみとは限らない。それこそゲーム仲間だったかもしれないだろ」

「彼女が箱崎くんの?」

「どうやって知り合ったのかはともかく。同好の士として、では一度、直接お手合わせ願おうと、ここで対戦した、とか」

「ほんとにもう、かんべんして。同じツッコミをいったい何度くり返せばいいんだよ。もしもほんとにそんな女の子が、そんな身近にいたりしたら、ぼくが知らないわけはないってば。いくらなんでも」

「判らんぞ。たまたま。ほんとにたまたまコーギイは彼女とは、すれちがいのまま終わっただけ、だったのかもしれない」

「すれちがい? って、どういう」

「もちろん箱崎くんが、わざと彼女をコーギイに会わせまいとした、という意味じゃないぞ。なんならきちんと紹介しよう、くらいに思っていて。ん、そうか。それどころか、とびっきりのサプライズを企んでいたのかも。いつものように放課後、ゲームに興じようとコーギイがここへやってきたらば、なんと。なんとなんと箱崎くんは独りではなく、初めて会う可愛い女の子と談笑している、なんて光景を目の当たりにしたら。さあ、どうだ。驚くだろ、コーギイは？」

「そりゃあびっくりだよ。魂消《たまげ》るよ」

「茶目っけたっぷりにサプライズを仕掛ける気満々だったんだ、箱崎くんは。だけど、たまたま。ほんとにたまたま彼女を連れてくる日に限って、コーギイはこの部屋に現れてくれずじまいで。いつしかゲーム仲間の蜜月も終焉《しゅうえん》を迎えて、せっかく虎視眈々《こしたんたん》と狙っていたプランも不発のまま終わってしまったと。な。ざっとそんな経緯だったというのも、あり得るだろ？」

ばかばかしい。そう一笑に付そうとして、なぜだかうまくいかず、困惑している己れにぼくは気がついた。

中学時代の箱崎くんがこのリビングで、名も知らぬ可愛い女の子といっしょにいる場面をイメージしようとして、それがあるいは深層意識下に沈み込んでいた記憶を刺戟したのだろうか。ふいに。ほんとに唐突に、あるシーンが脳裡《のうり》に甦《よみがえ》った。

あ。と危うく声が出そうになる。そういえばハル兄ちゃんのスマホに映っていた、ミサキちゃんの画像。なんだか見覚えがあるような気がしたものの、錯覚だろうと一旦は思いなおした。が、しかし。

ぼくは彼女に会ったことがある。はっきりと憶い出した。しかも、この部屋で。

あの日、あのとき。ぼくがこのマンションへ連れてきた彼女。あの女のひとこそがミサキちゃんだった……い、いや、まて。ほんとか？　ほんとにそうか？

なんだか取り返しのつかない領域に自分が踏み込みつつある予感に襲われ、断定するのが躊躇《ため》われる。けれど考えれば考えるほど、

先刻のスマホの画像のあの顔は、ぼくがあの日、このリビングで対峙《たいじ》した彼女のものだった、との確信が深まってゆく。

人間とはこれほどきれいに過去を忘却できるものなのかと呆れるほどだが、なにしろ十五年も昔だ。加えて、自分にとっては極めて不愉快かつ不都合な出来事だったため、これまで深層意識下に記憶が封印されていたのだろう。我ながら臭いサスペンスドラマはだしのサイコな弁明だけど、ほんとうにいまのいままで、すっかり忘れてしまっていたのだから仕方がない。

でも、あの女のひとは奥仲美咲なんて名前じゃなかったはず。なんていったっけ？　などと真剣に頭を悩ませた挙げ句に、これまたようやく憶い出した。そうか。十五年前のあの彼女って本名を、ついに明かさなかったのだ。已れの立ち居振る舞いを神秘的に演出しようという意図でもあったかのように。

ここへの道中、名前を訊かれて（知らないの、あたしのこと？　峰不二子《みねふじこ》っていうの）などとはぐらかしたのだから身元を明かすつもりがなかったのは明らかなのだが。そのときのぼくの眼にはむしろ、それが好ましい稚気に映った。少なくとも最初のうちは。

なんとなればその自称峰不二子は、白昼のコンビニの前で、如何にもな見た目のヤンキー娘にカツアゲされそうになっていたぼくをピンチから救ってくれた、まさに頼もしくてかっこいいヒロインのイメージぴったんこだったから。結局それは、とんだお笑い種だったというオチなのだが。

ああ、嫌だなあもう。どうするんだこれ。ほんとに完全に憶い出しちゃったよ。イヤだ嫌だ。せっかく忘れていたのに。こんな人生最大の汚点というか、よけいな黒歴史、いまさら掘り返される羽目になろうとは。

そもそもなんであんな出来の悪いコントそこのけな土壺《どつぼ》に嵌まっちまったんだろ。まあ若気の至りというか、いや、いまでも充分に若いんだけれど、当時はほんと、うすらぼんやりした中学生だったもんなあ。

夏休み明けだったこともあり、学校へ行くのがかったるくてしょうがなかったぼくは午前中の授業をサボり、コンビニに立ち寄っていた。

もちろん制服姿だったのだが、それが後々ヤバいものを引き寄せてしまう要因になるかもしれないとか、そんな想像力はまるで働かなかった。要するに、なにも考えていなかったのだ。

てれてれ雑誌を適当に立ち読みした後、なにも買わずに店を出た。すると（おい、おまえ）と濁声《だみごえ》で呼び止められる。

振り返ってみると駐車場の縁石に、うんこ座りしてタバコをぷかぷか吹かしていた娘がのっそり立ち上がるところだった。長い髪をきんきらきんに染めて、県下ではヤンキーの巣窟として有名な某公立中学校の制服を着ている。妙にコスプレ感が半端なかったので、その時点で本物の女子中学生だったかどうかは定かではないが。

ただでさえビビッているところへ（ケータイ、出せや、こら）と彼女に恫喝《どうかつ》され、こちらは惑乱しきり。自分が因縁をつけられているのは判るけれど、そのネタがなんなのか、さっぱり見当がつかないのだ。

（えと。な、なに？）

（トボけんなやゴルらあ。ここんところ、うちらのトーサツ、やらかしてんの、オメーだろうが。ああ？）

巻き舌で凄《すご》まれてもこちらは理解が追いつかない。「うちら」って複数っぽいけどキミひとりじゃん、とか間の抜けたツッコミが虚しく頭をよぎったり。とにかく、ただただ怖くてこわくて。身が竦むばかり。どうしていいのか、さっぱり判らない。

（ケータイだよ。おめーのケータイ。ほら。とっとと出せ）

ぴんッと指で弾《はじ》いたタバコの吸殻が、こちらの足元へ飛んでくる。

（寄越せっつうんだ、ケータイをよ）

人間、恐怖に萎縮しているときって理性の支配が及ばぬ行動をとるものだと、つくづく痛感する。寄越せと理不尽に強要されるがまま、ぼくはまるで催眠術にでもかけられたかのように自分のガラケーを取り出し、彼女に手渡してしまった。

すると彼女、自分のスカートを捲《ま》くり上げるや、ぼくのそのケータイを股のあいだに突っ込んだ。パシャリ、パシャリとこれ聞こえよがしにシャッターを切って、己れの下半身を連写する。

（ほれ。これが証拠だべ。な）

薄ら笑いを浮かべ、自分の顔もパシャリと一枚。（オメーがうちらを盗撮してたっていう証拠が、ばっちり。な。これ、親と学校にチクられたくなけりゃ賠償金、払え。いま。ここで。な）

こちらはただ茫然自失の態《てい》で、彼女の戯画的なまでに露骨な嘲りの表情を見つめるくらいしか為す術はなく。

と。そのとき。(あッ?)とヤンキー娘が素っ頓狂な、通常の文章表記の常識に反する濁点が付きそうな声を張り上げた。(あにすんだ、てめッ)

見ると、彼女の手からぼくのガラケーを取り上げた人物がそこに立っていて、それこそが自称峰不二子であった。

(さ。行くわよ)

不二子嬢はぼくの肩に腕を回し、魑魅魍魎《ちみもうりょう》の跋扈《ばっこ》する魔界もかくやなコンビニ前の駐車場から引き剝がしてくれる。

(あんだ、てめ。このくそババアが。チョーシこいてんじゃねえぞ、こら)

相変わらず口汚く罵詈《ばり》を吐き散らかすものの、それ以上、無理に追いすがってきたりはしない。明後日のほうを向いて再度しゃがむと、新しいタバコに火を点《つ》けた。

そんなヤンキー娘の様子を肩越しにそっと窺《うかが》ったぼくは、意外に淡白なんだな、と少し拍子抜け。カツアゲといってもそれほど本腰を入れたわけではなく、もののついで、みたいなノリだったのかなと。このときは、さほど不審には思わなかったのだが。

(きみのうちは、どこ?)

自称峰不二子にそう訊かれて、ぼくは我に返った。(え)

(保護者の方とお話ししなきゃ)

あ。ひょっとしてこのひと、補導員? うわ。しまった。明らかに自分よりも年長っぽいものの私服姿の高校生か、せいぜい大学生くらいかなという印象だったため、まったく思い至らなかった。

けれど、見ず知らずの男子中学生をカツアゲから救い出してくれるのってやっぱり、ただの通りすがりなわけはないよなあ、と。このときはそう納得して、まるで疑いもしなかったのだが。

（あの、それが。い、いま父も母も、留守なんですけど）

そう抵抗を試みたものの、（とにかく、あなたの家へ行きましょ。それとも学校の先生に連絡するほうがいい？）と少しきつめの口調で押し切られてしまう。

もしも彼女が本物の補導員だとしたら、この言い分はちょっとおかしい。だってお昼前という時間帯が時間帯では、我が家に限らず保護者が不在の確率はけっこう高い。なので補導の事後処理としてはとりあえず学校に連絡する、もしくは直接出向くかするほうが、どう考えても手堅い。

そもそも制服からしてぼくが囲櫃学園の生徒であることは一目瞭然なんだから。自宅へ赴くという対応に固執しなければならない合理的理由なんかあるはずがない。いまならその道理がよく判るんだけれど、このときのぼくはカツアゲ寸前の窮地を救い出してもらった恩義にも目が曇り、なにもかも自称峰不二子に言われるがままだった。

もちろん愚直に本宅へ向かったりはせず、〈龍胆ハウス〉のほうへ彼女を連れてゆく。その程度の機転はかろうじて利かせられたものの、しょせん子どもは子ども。普段は友だちとのゲーム対戦くらいにしか使っていない別宅とはいえ、赤の他人をうかうかマンションに上げてしまうとは。我ながら大馬鹿だったとしか言いようがない。

この一件に関しては、たとえ部分的に、ほんのちょこっとでも思い返そうとするだけで堪えられない。羞恥のあまり身悶《みもだ》えしそうになる。叶うことならば悪魔に魂を売り渡してでも、自我に新たな個人史を上書きし、完全削除してしまいたい。

（あらやだ。なにこれ。ウケるんだけど）という自称峰不二子の嬌声が甦ると、ほんと、マジで死にたくなる。

　彼女が手に取っていたのは『秘密の桃色女子校生』という如何にもなタイトルに、セーラー服姿のセクシー女優の笑顔のアップというベタなジャケット。そう。一本のアダルトビデオなのであった。

　それだけでもう充分過ぎるくらい恥ずかしいのに、そのDVDケースには『中古品プレゼント』と印字されたシールが貼られているとくる。うわ。だ、ださッ。なんでも箱崎くんのいちばん上の、社会人で独り暮らしのお兄さんがAVマニアで、いつも通販で二十本とか三十本とかけっこうな数のまとめ買いをするからなのか、ときどきそういうオマケがくっついてくるんだそうな。

　しかしお兄さん本人は「生粋の熟女マニアであるこのオレにどうしてこんな、趣味とは懸け離れたゴミをわざわざ送りつけてくるんだ。サービスにもなんにもなっていないぞ。けしからん」と全然喜ばず。まだ中学生である末の弟に「オマエにやる。好きにしろ」と押しつけてきたんだとか。

　箱崎くんもそんな傍迷惑なおさがり、棄《す》てちゃえばいいのに。もったいない、と思ったのかなんなのか。かといって家族の手前、自宅で視聴というわけにもいかず。こうしてゲーム仲間との隠れ処へ持ち込んできた、という次第。

　なにしろ思春期真っ盛りの中学生。困った兄貴だよねえ、とかなんとか斜に構えながらも箱崎くん、ビデオはしっかり観《み》るわけである。それは別にいいんだけど、彼がこんな他愛ない作品にけっこう嵌まってしまったようだったのは、ちょっと意外。

だってさあ、女子高生役と女教師役設定のふたりが絡むんだけど、セーラー服姿の彼女よりもスーツ姿の女優のほうが遥《はる》かに幼く見えるロリ顔アニメ声という、どう考えてもそりゃ逆だろ的な謎キャスティング。サービス品として払い下げられるのも納得のゴミは言い過ぎとしても、一度観たらもういいだろ、みたいな。

いや、ぼくはなにも、箱崎くんのせいだ、と批難したいわけではない。たしかに問題のDVDをここへ持ち込んだのは彼だが、箱崎くんばかりを責めるわけにはいかない。かくもいかがわしいブツをリビング内でいちばん目立つところ、すなわちテレビのすぐ前のコーヒーテーブルの上なんかに放り出していたぼくもぼくなわけで。

このビデオを最後に観たのが、さて、いつだったたか、とんと憶えちゃいないんだけど。几帳面《きちょうめん》な性格の箱崎くんなら視聴後は必ずキャビネット内に仕舞うはずなので、おそらくぼくの不始末だろう。すなわち自業自得。

自称峰不二子のようなイレギュラーな訪問者を想定していなかった、というのは言い訳にならない。だって〈龍胆ハウス〉へは母も定期的に掃除に通ってきていたんだから。

なんだか他人ごとのように説明しているけれど、まさか当時の自分はアダルトビデオを観ていると母に知られようが、あんまり気にしなかった、とか？　やっぱり思慮が足りないというか、おバカな子どもだったんだなあと、いまさらながら冷や汗。

曲がりなりにも成人した現在ならば女性に（えー、きみ、こんなの観てるのお？）と揶揄《やゆ》されても多分、うまく受け流せるだろう。けれどこのときはもう、とにかくパニック。パニック、またパニックである。

ただ焦りまくって、彼女の手からＤＶＤを取り返さんと必死。そんなことをしたって、なんの意味もないのに。自称峰不二子がまたおもしろがってひらひら、ひらひら蝶《ちょう》の如く身を躱《かわ》すものだから、こちらはヒートアップするばかり。いつしか洒落にならないレベルの揉み合いになってしまった。

興奮状態だったせいか、記憶が部分的に飛んでいて。はっと我に返ると、彼女をソファに押し倒している自分がいた。まるでレイプ犯の如く正面から覆い被《かぶ》さって。

頭から血の気が雪崩《なだ》れ落ちる音を聞いたような錯覚に襲われ、飛び退《の》いた。が、彼女は仰向けのまま、ぐったりしている。（も、もしもし？　だいじょうぶですか？）と呼びかけても反応がない。どこかに頭でも打ちつけたのだろうか？

そこからさらに記憶がすっ飛んでいるのだが、とても自分の手に負える事態ではないとぼくは見切って、母に電話で助けを求めたらしい。

らしい、というのは次に我に返ったときには、もう眼の前に母がいたからだ。

（ちょっと、興起。もう判った。もう充分に判ったから。少しは落ち着きなさい。ほら。深呼吸して。ね）

ぴしゃり、ぴしゃりと頬を数回、軽く叩かれたぼくはようやく口を噤《つぐ》んだ。どうやら母がマンションに到着するなり、コンビニ前でカツアゲに遭いかけた端緒にまで遡って、助けてくれた自称峰不二子が死んでしまったのだ、と何度も何度も訴えていたらしい。心なしか声が掠《かす》れ、息切れしている。

（あ、もういい。もう喋らなくもていい。ことの経緯は判った。それ以上、説明しなくても充分に判ったから。興起。心配しないで。全然だいじょうぶだから。ほら。自分でたしかめてみなさい。ね？）

母はぼくの手を取り、自称峰不二子の手首の辺りへ誘導。しっかり摑ませた。

（ほらね。だいじょうぶでしょ）

彼女の肌はほんのり温かく、とくん、とくんと脈を感じる。

変な話だけど、そのときのぼくの頭に去来したのは以前テレビのヴァラエティ番組で観た、海外のホームビデオ映像だったりする。髭面《ひげづら》の白人男性が白人女性に衆人環視のなか突然、指輪を差し出してプロポーズ。すると彼女は感激の余りか、白眼を剝《む》いて失神してしまうのだ。笑っちゃいけないいんだけど、それはもうヤラセなんじゃないかと疑ってしまうほど見事に仰向けにひっくり返って。

（ちゃんと生きているでしょ。ざっと見たところ、特に怪我《けが》なんかもしていないし。すぐに目を覚ますから。心配しなくていいの。にしても、まったく）

母は笑顔から一転。大きく溜息《ためいき》をつくと、ぼくの肩をぽんぽん、と叩いた。（まあほんとに、ずいぶん古典的な手に引っかかったものね、あなたも）

（え？）

自称峰不二子が突然失神したのもぼくと諍《いさか》いになったのがそれほどショックだったからなのか、それとも持病かなにか他に原因があるのかと、もやもやしていたぼくは一瞬、なにを母に言われたのか判らず、きょとんとなった。（な、なに。コテン、テキって？）

（決まってるでしょ。この女はね、コンビニの駐車場であなたに因縁つけてお金を脅し奪《と》ろうとしていたっていう、そのヤンキー娘の共犯。グルなの）

（へ。え、えええッ？）

（やっぱり気づいていなかったのか。やれやれ。こんなにあからさまで、判りやすい手口なのに）

その手口とは、先ずヤンキー娘がぼくを脅す。この段階ではまだ本気で金を巻き上げるつもりはない。その替わり、蛇に睨《にら》まれた蛙《かえる》状態のぼくを自称峰不二子が間一髪で救い出してみせ、信用させる。これが有無を言わせず自宅へ案内させるための布石となる。

保護者が留守というのも織り込み済み。屋内でぼくとふたりきりになるのが狙いで、その状況を悪用。やればぼくに淫らな振る舞いをされただのなんだの、あることないこと訴えて、警察に通報されたくなければいますぐ示談金を払え、と。そう。実はそこからが恐喝劇の本番というわけだ。

なぜその場ですぐに金を巻き上げずにわざわざそんな二度手間をかけるのかというと、戸外で中学生を脅してもそこは未成年、はたしてどれだけ手持ちがあるか、心許《こころもと》ない。その点、自宅まで連れてゆけば家族のへそくりとか、脅し奪れる現金の額も増えるかもしれない。そういう算段だ。

（いまはどうだか知らないけど、あたしが若い頃とかは、たまーにあったみたいね、こういう小芝居の遣《や》り口）と昭和生まれの母が解説してくれたところによると、通称「惚れさせ屋」なるギミックだそうな。

方法としては至ってシンプル。男がまともに相手にしてもらえない意中の女性の関心を惹くべく、裏でチンピラ役の協力者を雇い、彼女を襲わせる。ピンチに陥る女性のところへ自分が颯爽《さっそう》と登場し、三下の悪役を撃退してみせてヒーローになるという、安手のコントすれすれの茶番劇。ぼくに仕掛けられたのも、目的がお金だという相違はあるが、原理的にはまったく同じ手法で、男女の役割を入れ替えての逆バージョンだったというわけだ。

(とにかく、このひとが目を覚ましたら、あたしがきっちりと話をつけておくから。もう帰りなさ。って。ちょっと、興起。そもそもあなた、こんな時間にいったい、なにをやってたの。学校は?)

すごすご午後からの授業へ赴いたぼくが帰宅後、改めて母から、こっぴどく叱られたのは言うまでもない。あーもう嫌だいやだ。鯛《たい》焼きの頭から尻尾までぎっしり詰まった餡子《あんこ》さながら、羞恥と悔恨の念でぱんぱんに、はち切れそうなこの過去の一件を、できれば死ぬまで憶い出したくなかった。

けれど心の奥底に深くふかく埋没させていたはずの彼女のあの顔が、ばばーん、と鮮烈に甦ってきてしまったのだから、もうどうしようもない。安易に授業をサボったりしなきゃよかったと、つくづく未熟だった己れの愚かさが恨めしい。

少し。いや、だいぶ迷ったものの結局、ぼくは「あのさ、ハル兄ちゃん。いま憶い出したんだけど……」と自身の黒歴史をこの際、打ち明けておくことにした。ほとんど羞恥プレイである。

ただしヤンキー娘にカツアゲされかけたところを救い出してくれた若い女性を、うっかりこの部屋へ上げてしまったことがある、という要点のみに絞って。自称峰不二子を気絶させてしまうほど大揉めに揉め、そのトラブルの尻拭いを母に押しつけざるを得なかった顛末《てんまつ》など、あまり深く掘り返されたくない部分に関しては適当にぼやかして。

「ふーむ。そんなことがあったのか」

自分が真剣に結婚を視野に入れている彼女が、十五年も昔の話とはいえカツアゲの片棒を担ぐような人間だったかもしれないというのは、やはり俄《にわ》かには受け容《い》れ難いようで。ハル兄ちゃん、腕組みして眉根を寄せる。

「いつのことだ？」

「ぼくが中三の、二学期になったばかりの。あ。そうだ。えーと。カエデのなんとかラクダ、とかっていうタイトルの映画の、櫃洗ロケ最終日だった日」

「はあ？　なんだそりゃ」

「ぼくもよく知らないけど。箱崎くんが言ってたんだ。すごく好きな女優さんが出演予定の映画で。地元出身、しかも囲櫃学園の同窓生なんだよ、とかって。ほんと、いつになく眼をきらきらさせて」

「櫃洗ロケって。ひょっとして、だが。『奏でるシミュラクラ』か？」

「そんなタイトルだったかなあ。ハル兄ちゃん、知ってるの？」

「いや。おれも多分、観てはいないが。地元出身で、囲櫃の同窓生って。誰だ」

「名前、ねえ。よっぽどファンなのか、箱崎くんが興奮して連呼していたんだけど。全然憶えていない。聞いたことのない女優さんだったのはたしか」

「おい。それがひょっとして、さっき同窓会名簿に出ていた奥仲美咲じゃ？」

「かもしれないけど。ごめん。ほんとに憶えていない。言われてみれば当時、映画撮影のロケ隊ご一行が櫃洗入り、みたいなローカルニュースをテレビで観たような覚えはあるんだけど。地元出身の俳優が出ているなんてこと、言ってたかなあ」

「えと。『奏でるシミュラクラ』、と」

ハル兄ちゃんが検索を始めたので、ぼくも自分のスマホを取り出した。ウィキペディアで、当該タイトル邦画の詳細とキャスティング項目を調べてみる。

「うん。出ているね、彼女」

出演者一覧の『奥仲美咲』の名前をタップすると、彼女のプロフィルが表記される。櫃洗市出身で現在佐賀県在住。配偶者が『御薗生真由《まさよし》』とあり、どうやら業界関係者らしいが、ぼくは初めて聞く名前だ。

彼女の近影の画像も何枚か表示される。五十代にしてはずいぶん真っ白なシルヴァーショートヘア。当然ながらさきほどのミサキちゃんの相貌とは、まるでちがう。その他『奥仲美咲』の主な出演作一覧もチェックしてみたが、少なくともぼくが観たことのある映像作品はひとつも見当たらなかった。

「こんなひとが同窓生にいたんだ。知らなかった。とにかく、この櫃洗ロケ最終日だと箱崎くんが騒いでいた日だよ。ぼくがそのふたりの女に、まんまと嵌められたのは」

「いや、まて。ふたりの女に嵌められた、とコーギイは言うがな。自称峰不二子がそのヤンキー娘とグルだったというのは、あくまでも佐代子叔母さんの推測に過ぎない。だろ。な？　そのふたりの女が実は裏で結託していたと、はっきり確認されているわけではないんだよな？」

そりゃまあ、そのとおりだ。少なくともぼくは確認まではしていない。

「おれとしてはもちろん、その女がミサキちゃんだったとは信じたくない、という気持ちがあるよ。大いに。うん。それが人情ってもんだし。だけど、それはそれとして。その自称峰不二子とミサキちゃんが同一人物だと看做すのは些か無理がある、と思うんだ」

「どうして？」

「ミサキちゃんがその自称峰不二子なのだとすれば、彼女は他ならぬコーギイに連れられて、この部屋へ上がったことがあるわけだ。従って彼女が先日、おれといっしょにここへ来た際にも、変則的な玄関の位置や専用庭園などにも戸惑わず、勝手知ったる所作だったのはなんの不思議もない、と。コーギイはいま、そう考えているんだろ？」

「うん。まさしく」

「いまのコーギイの昔話のみを判断材料とするなら、おれも多分、同じ結論に至っていただろう。けれど、先日のミサキちゃんの様子からすると、どうもそう簡単には首肯しかねるんだ。つまり、過去に一度しかこの部屋を訪れたことのない者の立ち居振る舞いとは、ちょっと趣きが異なるんじゃないか、と。そんなふうに思えてならないんだよね」

「よく判らない。具体的には？　どういうこと、趣きが異なる、って」

「もっとこう、うーん。なんていうのかな。ひょっとして彼女、ただ単に来たことがあるどころじゃなくて、一時期ここで暮らしていたんじゃないの？　って妄想しちまうようなレベル。さすがにそれは非現実的だが、さっきも言ったようにミサキちゃん、けっこう酔っぱらっていたからよけいに無意識に、科白《せりふ》や行動が部屋に馴染んでいる雰囲気が自然に滲《にじ》み出たんじゃないか、と。

そんなふうに感じるんだよなあ」

当事者にしか実感できない印象を論拠にされてもね、と辟易《へきえき》するいっぽう、だからこそ無視できない指摘であることもたしかだ。

「もう一度、彼女の画像、見せてもらっていい?」

ハル兄ちゃんのスマホを手に取り、改めてミサキちゃんの顔を確認。うーん。あの日、この部屋で目の当たりにした女性でまちがいない、と思ったんだけど。

よくある平凡な顔じゃないか、と言われれば、そうかもしれないし。なんといっても十五年も前に、しかもたった一度きりしか遭遇していないのだから。そうそう安易に断定しないほうがいいのかも。

「おれの希望的観測なのは認めるが、その自称峰不二子はどうもミサキちゃんではない、ような気がする」

「だったらもう、ハル兄ちゃんのお役に立てそうな心当たりは、なにも残っていないよ、ぼくには」

肩を竦め、コーヒーテーブル越しにスマホを返した。「この件について調べられるとしたら、あとは」

「箱崎くん、か。彼に直接、話を聞いたりできないもんかな?」

「それがねえ。ごめん。彼がいま、どこに住んでいるかも知らないんだよね」

同窓会名簿は各卒業生のアンケート葉書の近況内容で逐次改訂されるが、どうやら箱崎くんはその最新版の分を事務局に返送していないらしい。彼の現住所や連絡先はすべて空欄になっているのだ。

「さっきも言ったように、ぼくたちが高等部に進級して、クラスが別々になって以降はもう、まったく疎遠になっていたから」

「そうか。だったら……ん？」

所在なげにスマホを弄《いじ》っていたハル兄ちゃん、ふと手を止めた。画面に眼が釘付けになった。かと思うや、その表情が見るみる強張《こわば》ってゆく。

「どうしたの？」

薄く口を開いて固まったままハル兄ちゃんは、無言でスマホを差し出してきた。ひとりの女性の画像が映っている。笑顔のアップ。ん。これはミサキちゃん？

いや、すごく似ているが、よくよく眼を凝らしてみると、ちがう。別人だ。しかし彼女のその髪形から微笑《ほほえ》み方に至るまで、なにからなにまでミサキちゃんにそっくり。単なる他人の空似で済ませるには、ちょっと次元が異なる印象。これは。

これはメイクなどもかなり意識して、わざわざミサキちゃんに似せようとしているのでは？そう勘繰ってしまうほどの相似形ぶりである。

「え。誰？　これって……」

画像のキャプション表示を見て、ぼくは絶句してしまった。『奥仲美咲』とある。女優の奥仲美咲のほうだ。『二〇〇一年』と併記されているので、二十年余り前の画像と思われる。先刻の画像のシルヴァーヘアではなく黒々としたその髪は、ミサキちゃんにそっくりなフェザーバングカット。

「ど。え、ど、どういうこと？」

たしかに、よく見ると別人なのは明らかなのだが。ここまで似ていると、ちょっと尋常ではない。意図が不明なペテンを仕掛けられているかのような、なんとも居心地の悪い、妙な気分に襲われる。

だって、いまぼくたちが話題にしているミサキちゃんなる女性とたまたま同姓同名だったはずの『奥仲美咲』が、昔のものとはいえその外見までもがこんなに彼女にそっくり、だなんて。はたして、これは。

これは単なる偶然なのだろうか？

＊

インタホンの呼び出しチャイムが鳴った。共同玄関からだ。

時計を見ると夜の九時、二分ほど過ぎ。こんな時刻にここへ来るのは興起くんしかいない。そう決めつけていたからこそ、あたしは居留守を使ったりせず、インタホンの受話器を手に取ったのだった。

よくよく考えてみれば興起くんがわざわざチャイムを鳴らしたりするはずはない。この部屋の鍵を持っているのだから。さっさと自分で玄関を解錠し、入ってくればいいし、実際そうしていただろう。彼ならば。

けれど本来は立ち寄る予定ではなかった興起くんが、たまたま通りかかったら照明が点いているので、あたしがいま室内にいるようだと見てとり、それならばと気まぐれを起こしてチャイムを鳴らしたのかな、と。これまでにもそういうことが全然なかったわけではないので、このときもついそう思い込み、油断してしまった恰好。

このマンションの仕様はいろいろ古い。共同玄関と各世帯をつなぐインタホンの受話器が旧式電話みたいな形状の有線式タイプだと言えば、どれほどの年代物なのか、少しは想像がつくだろうか。建てられたのは一九八九年か、九〇年頃らしい。現時点で、すでに築十七年ほど。

くだんのインタホンの機能も音声のみで、映像モニターが付いていない。もしもこの段階であたしが、突然の訪問者の顔を室内から視認できていたとしたら、いくら先方に不審がられようが、かまわずに居留守を決め込んでいただろう。

しかし「はあい」と応答したこちらの耳に受話器から流れ込んできたのは、「夜分にごめんなさい。あたしです」という女性とおぼしき声だった。

え。ちょ、ちょっと待って。

興起くんじゃないの？

そう驚いたときには、もう遅い。すでにあたしは脊髄反射的に、共同玄関のオートロック解錠ボタンを押した後だった。

ど、どうしよう。え。これって、これって、どうしたらいいんだろ、とパニックに陥る。そもそも誰？「あたしです」って？

このマンションへやってきそうな女性、というと興起くんのお母さん？　くらいしか思い当たらない。え。どうしよう。どうしようどうしようどうしよう。

あたしがいまこの部屋に居ること自体を、お母さんは驚いたり、咎《とが》めたりはしないだろう。こちらが普通にさえしていれば。

だけど、いまはこんな、普段とはまったく異なる姿をしている。これではさすがに、滅多にものには動じない性格の興起くんのお母さんも、いったいどういうリアクションを示すやら。こ、困ったなあ。

ただいたずらに焦っていると、玄関のドアチャイムが鳴った。来た。来ちゃった。もう無視するわけにいかない。お母さんはどのみち鍵を持っているだろうし。

いっそドアチェーンを掛けて、時間稼ぎしているあいだに専用庭園のほうから壁を乗り越えて戸外へ逃げ出そうか、とか一瞬、本気で検討したりもした。が、そんな、その場凌《しの》ぎをしたところで、後々よけいにめんどうな事態に陥るだけ。

覚悟を決めて、玄関ドアを開けた。カシャッという冷たい金属音の響きに身を竦めていると、眼前に、少し前のめり加減の姿勢の女性が現れる。ん。あれ。

あれれ？　ちがう。興起くんのお母さんじゃなかった。もうちょっと若くて。三十前後くらいの。なんだか既視感にかられるというか、このひとって、どこかで見たことがあるような……えッ。えええッ？

どこかで見たことがある、どころの騒ぎではない。これって。な、なに？　なんなのこれ。いったいどういう奇蹟《きせき》？

人間にとって憧憬の対象とは本来、空想のなかでのみ相まみえるものだ。実物に接したいと願うのならば、それ相応の運と労力を費やさなければならない。まちがっても向こうのほうから自分に会いにきてくれる、なんて僥倖《ぎょうこう》を大真面目に想定するほどポジティヴかつ楽観的なひとはまずいない。で、でも、これはまさに。

いや、それとも、これは夢？　ひょっとしてあたしはいま、とんでもない幻覚を見ているのだろうか。

そう混乱、狼狽《ろうばい》するあたしよりも眼の前の彼女のほうが、もっと困惑しているようだ、と少し遅れて気がつく。

「枝久保《えだくぼ》は？」

映画やドラマを通じて何度も何度も聴いてきた彼女のあの声だと、うっとりしかけてあたしは、きょとんとなる。

「は。エダクボって、え？」

「失礼。あなたは？」

なんと答えたものやら、まったく判断がつかなかったあたしは、苦し紛れに「奥仲さんですよねッ？」と逆に訊き返していた。いささか不躾《ぶしつ》けな勢いで。

「え」

「奥仲美咲さんですよね？　女優の」

眼を瞬いた彼女、躊躇いがちながらも、こくりと頷《うなず》く。

「ファンですッ。あたし、奥仲さんの大、だい大ッファンなんです」

考えるよりも先に身体が動き、握手を求めてしまった。彼女のほうも条件反射的にだろうけれど、右手を差し伸べてくれたので、それをしっかり両掌《りょうて》に包み込む。

あ。彼女の手。心なしかふんわりしたその感触に、ちょっと気が遠くなりかける。ゆ、夢じゃないんだよね、ほんとにほんとに、これ。本物なんだよね。

「うれしいッ。まさかッ。まさか、こんなところでお会いできるなんて。ほんとに、ほんとに嬉しいですッ。あたし、奥仲さんの出演作は全部……」

いまや超お宝と称すべきかもな『麻生《あそう》スズカ』名義主演の幻のビデオ作品も含め、すべて観ていますと、うっかり口走りかけて、さすがに自粛した。たとえこちらに偏見は全然なくとも、本人にとっては消去したい黒歴史という位置づけかもしれないし。

「スクリーンデビュー作の『黒糖示談』から最新作の『アイスノンスカイ』まで全部、拝見しています。あ。どうぞ。どうぞどうぞ。こんなところでよろしければ、どうぞ。お上がりになってくださいな」

「主役も準主役も、見事に一本もないんだけど。すべて端役で」

苦笑いしながらも彼女、幾分リラックスした物腰で靴を脱ぐと、あたしが急いで前に並べたスリッパに爪先を差し入れた。

「奥仲さん、いま映画のロケで櫃洗へいらっしゃっているんですよね」

「あら。うん」

「明日がその最終日で」

「まあまあ。よくご存じで」

「ファンですからッ」

「ありがとう。いやあ、でもちょっと、びっくり。地元のマスコミですら、ろくに取材に来てくれていないのに」

「先週のローカルニュースで、ちゃんとやっていましたよ。『奏でるシミュラクラ』の櫃洗ロケ始まる、って」

でも、そういえば報道では「地元出身の女優、奥仲美咲さんも出演予定」みたいな言及は全然なかったっけ。そう思い当たった当方の気まずい胸中を、まるで読み取ったかのように彼女は肩を竦めた。

「同じ地元関係者でも、例えば売り出し中の若手俳優とか、もっと注目度の高いフレッシュな面々なら、凱旋《がいせん》ニュースになっていたかもしれないけど。こんなロートル女優の、端役どころかクレジットされるかどうかすら危ういモブ要員じゃあねえ」

「そちらにお座りになって。あ。コーラかウーロン茶、いかがですか」

「おかまいなく。って。コーヒーか紅茶か、って選択ではないのね」

「すみません。興起くんがどちらも好きじゃないので。置いていなくて」

「じゃあコーラを」

そういえば興起くんも、映画の地元ロケのことを全然知らなかったな。奥仲美咲という名前にも「聞いたことない。ほんとに女優さん？」なんて反応、薄かったし。

よっぽど『麻生スズカ』主演作品のほうはしっかり観ているくせに、と指摘してやろうかと思った。同じ囲櫃学園出身の女性がその類いのビデオに出演経験があると知った興起くんがどういう反応を示すか、若干不安がなくもなかったので、止《や》めておいたけど。

「興起くん、ていうのは？」

「あ。お友だち。同級生です。このお部屋の持ち主の息子さん」

「この部屋の。ねえ、あの。ここって枝久保剛弘《たけひろ》の住まいではないの？」

「エダクボさん、ていうひとは、ごめんなさい。知りません」

「そもそもきみは、どなた？　この部屋の持ち主の息子さんの同級生って、ここに住んでいるわけではない、ってこと？」

「はい、そうです」

「じゃあ、なにしてるの。こんな時間に」

「いまは、えと。ただ、まったりと。普段、試験が近いときとかは、ここへ来て勉強したり。たまにゲームとかを」

ソファに座った彼女の前のコーヒーテーブルにコースターを敷き、氷を山盛りにしたグラスを置いた。「いつもはその興起くんと、いっしょに。はい」

「じゃあそのお友だちのご両親も、住んでいるお宅は、ここではなくて」

「そうです。別のところに」

「何歳なの、きみ。高校生？」

「いま中三で」

ひょっとして己れの一存で他人をこうして自宅でもない部屋へ招き入れるのって、ちょっといろいろまずかったかな、と不安になったのが表情に出たのだろうか。彼女は慌てたように、こちらへ身を乗り出してきた。

「誤解しないで。別にあたしはきみの先生ではないし、保護者でもないんだから。あれこれ詮索するつもりはないの。全然。ただ、てっきりこの部屋には昔の知人が住んでいる、とばかり思い込んでいたものだから。すっかり混乱しちゃって」

「枝久保さんという方ですか、さっきおっしゃっていた」

そういえば、興起くんから雑談の折に聞いていたことを憶い出した。「ひょっとして、興起くんのお父さんが昔、この部屋を貸していたひとのことかしら？」

「それって、なんて名前の？」

「ごめんなさい、そこまではちょっと」

「いつ頃の話？」

「興起くんが生まれてすぐに、ご両親はここから引っ越していったそうで。その後の数年間だけ貸していた、って話だったので。いまから十年ちょっとくらい前？」

「数年間ここに住んでいたそのひとって、それからどうしたの」

「転居されたんじゃないか、と」

「どこへ。って、ごめんなさい。きみが知るわけないよね。でも、そのひとの家族構成とか、聞いていないかしら」

「そういえば、夫婦で住むと事前に聞いていたのに、なぜだか男性の独り暮らしだった、みたいな話は、ちらっと。ただし奥さんと離婚していたわけじゃなくて、別居状態だったようだ、とか」

「なるほど。それって、ほぼまちがいなく、彼だ」

「その枝久保さん？」

「うん。そっか。ここって借りていたのか。てっきり彼の持ち家かとばかり。まあ、こちらが勝手に、そう思い込んでいただけ、なんだけど」

「以前にも、奥仲さん、ここへ来られたことがあるんですか」

「それこそ十年くらい前にね。その後、彼はここを引き払っていたんだ。あたしには、なんにも言わないで」

重い溜息とともにソファから立ち上がる。そんな彼女と、あたしの眼が合った。

その視線を、つとコーヒーテーブル上のコーラへ戻した彼女。気弱げに微笑み、ゆっくり座りなおした。

「せっかくだから、いただきます」

グラスの縁に挿していたレモンスライスを手に取り、しげしげ眺める。「こういう濃《こま》やかな、おもてなしを受けるのって初めて、かも。あたし」

こちらも他人からそんなふうに評されるのは初めてで、「やさしいんだね、きみ」と真顔を向けられると、どう反応したものやら判らず。ただ、どぎまぎするばかり。

しかもただの他人じゃなくて、あの。なんと、あの奥仲美咲に直接言葉をかけられているんだ、と。改めてそう思うと、ふわふわと足の裏から脳天まで全身が床から浮遊しているかのような錯覚に囚われる。

彼女がグラスに口をつける。からん、と氷が鳴った。「レモン、絞ると美味しい」

「よかった」

「彼もこんなふうに、やさしいひとだ、とばかり思っていたんだけど。あの頃は」

「というと、なにか」

なにも反応しないのも気まずくて、そう訊く。「なにか嫌なことでもされたんですか、その枝久保さんてひとに？」

「嫌なこと、というか。なんだかわけが判らないこと」

ふと顔を上げて苦笑い。「いきなり押しかけてきたうえに、こんな話、ぶちまけられても困っちゃうよね、きみも」

「いいえ。あたしファンなので、奥仲さんの。どんなお話でも、ご本人から直接聞かせていただくだけでラッキー、なんです」

「変わった子だなあ。あたしのどこがいったい、そんなに」

「ひとことで言うと、自分も奥仲さんみたいになれたらいいなあ、と。ずっとずっと、はい、心から、そう願っていて」

そのひとことで彼女、まじまじとこちらを見つめなおしてきた。どうやらあたしがいま着けているウイッグと、自分の髪形の相似性に気がついたらしい。

「あたしみたいに、って。それは見た目が、ということ？」

「それも含めて」

「ふうん」

立ち上がった彼女、ゆったりリビングのガラス戸へ歩み寄る。かと思うや、おどけた仕種で両腕をいっぱいに拡《ひろ》げた。

虚空を仰ぎ見るかのようなポーズ。あたかも真っ暗な庭園にひしめく大観衆に向けてのカーテンコールの如く。

室内の照明を受けて黒いガラス戸に映った彼女の鏡像と、あたしの眼が合った。

「あたしと枝久保って男とのあいだに、なにがあったのかというと。ま、きみみたいな子どもに話してみても、しょうがないわ。なーんちゃって。もしもこれが舞台のワンシーンならば、演出的に」

くるんと独楽《こま》みたいに身体を回転させ、こちらへ向きなおった。「そういうベタな科白のひとつも吐いてみせるところかな」

「すてき」

「は？」

「そういうベタな科白、ぜひとも聞いてみたいです。女優、奥仲美咲の口から直接。ライブで。聞かせてくださいッ」

「いや、冗談よ、冗談。とはいえこのまま、なにも言わずにここから立ち去ったりしたら後で、ずっと独りで悶々としそうな気もするし。あ。きみがじゃなくて、あたしが、ね。なのでお言葉に甘えて、ちょこっと聞いてもらおうかなあ、なんて」

ぱちぱちぱちと拍手の真似をするあたしの手を彼女、そっと押さえてきた。

「どうしましょ。きみがあんまり可愛いものだから、つい乗せられちゃいそう。でも、ほんとにいいの？　つまんないおとなの愚痴みたくなっちゃっても」

「も、もちろん」

彼女の手を、そっと握りしめている自分に気づき、慌てて離した。「どうぞ」

頬が火照っている。熱い。自分の顔面から特大の蒸気が噴き出し、爆発してしまうんじゃないかと真剣に危ぶむほど、身体の芯が燃えているようだ。

なんとも滑稽なことに、憧れの女性とふたりきりという状況が、いまさらながら尋常ならざる、そしてどこまでも甘美なる緊張感を伴い、迫ってくる。

それはかつて体験したことのない恍惚《こうこつ》、そして酩酊《めいてい》。あたしはいまにも失神しそうな法悦にひそかに耐えながら、なんとか平静に彼女の話に耳を傾けるふりを保っていた。

「そもそもは、ね」

ソファに座りなおすと、再度コーラをひとくち。「いまから十年くらい前、あたしは市内の〈ハニーギャロップ〉ってお店で働いていて。枝久保剛弘はそこで、あたしがおもてなしをするお客さんのひとりだった」

彼は自称不動産業。当初はその強面《こわもて》寄りの外見ゆえ、枝久保氏とは心理的に距離を置こうとしていた彼女だった。が、お店では至って金離れがよく、ひと懐っこい彼のイメージ的ギャップに次第に絆《ほだ》され、気がつけば同伴やアフターにも気軽に応じるようになっていたという。

「いま思うと、なんていうんだろ。このひとの魅力を理解しているのは自分だけ、みたいに女に思い込ませるのがじょうずなタイプだった。いえ、本人が意識的にそういうイメージ戦略を採っていたかどうかはともかく。少なくともあたしは、それにまんまと嵌まったクチだった」

ほどなく彼女は、ここ〈龍胆ハウス〉一〇一号室へ枝久保氏に連れてこられ、ときには泊まってゆくまでに親しくなる。

「迂闊にもその段階で、あたしは全然知らなかったの。彼が既婚者だってことを」

「あ。やっぱり、ほんとうに奥さんがいたんだ」

「きみもさっき言っていたように、別居していたみたい。そもそも彼がこのマンションへ引っ越してきたのは離婚の準備を兼ねてのことだ、というのが周囲にこっそり洩らしていた本人の弁だったらしい。後から小耳に挟んだところでは」

彼女の言外の含みからして、枝久保氏はどうやら、それまで意図的に妻の存在を隠していたようだ、と察せられる。

「どういう経緯で発覚したんですか。その方が、離婚前提とはいえ一応、妻帯者であるという事実が」

「ある夜、例によってお店がはねた後、ふたりでここへやってきたんだけど。ちょっと普段とは勝手がちがっていたのね。というのも彼はその日、めずらしく閉店時刻間際に、ふらりと現れて」

「いつもはそんな、ぎりぎりの時刻にお店へ来たりはしなかった?」

「彼が来るときって、だいたいは同伴だったから。ほぼ毎回。もちろん、そうじゃないこともたまにはあったけど。そんなに遅い時間に、っていうのは、少なくともあたしは覚えがなかった。おまけに彼ったら、なんだかお葬式がえりかなにかみたく悄然《しょうぜん》としている。上辺は快活そうなんだけど、空元気なのがまる判りで」

「体調が悪そうだった?」

「そうね。むりに街へ繰り出したりせず、自宅で療養するほうがよさそうな顔色なのに。なんでわざわざ、しかもこんな中途半端な時間帯に出てきたんだろ、って。これはひょっとして、あたしとの別れ話でも切り出すつもりかしら？　なんて。そんなふうにも勘繰ってしまったくらい」

枝久保氏は表面的には、あくまでも平常を装っているとおぼしき物腰で、彼女をアフターに誘ったという。

「いま思えば虫の知らせってやつかな。今夜は行かないほうがいい行かないほうがいい、と。頭の隅っこで囁《ささや》く声があったんだけど。明らかに彼の様子が不自然なことが気になってしょうがなかったから。結局お店のかたづけもそこそこに、いっしょにタクシーに乗って。この部屋へ付いてきた。そしたら」

一〇一号室の玄関ドアを開けた枝久保氏。なぜだか沓脱《くつぬ》ぎのところで、ぴたりと立ち止まる。そして足に根が生えたかのように、その場に立ち尽くしてしまったという。

「どうしたんだろ、と思いつつ待っていたんだけど。動こうともしなければ、口を開こうとする気配もない。いい加減、痺《しび》れを切らしちゃって。とりあえずあたしだけでも上がらせてもらおう、と靴を脱ごうとした。そしたら彼は、いきなり」

がしッといささか乱暴に彼女の両肩を摑《つか》むや、自分のほうへ引き寄せた。

「なにか思い詰めたような、怖い顔で迫ってくるものだから。なになに、なにごと？　もしや沓脱ぎのところで服を着たままとかそういう変なプレイに及ぶつもりじゃないでしょうね、なんて。身構えていたら」

枝久保氏は搾り出すような声で、こう言ったのだという。（頼む。おれと運命をともにしてくれ）

「は？　と一瞬ぽかん、となった。けれど、あ、そっか。これってプロポーズなんだわ、と察して」

そんな急展開をそれまで想定したたこともなかったわりには、あっさり「イエス」と答えそうになっている己れに気づき、奥仲さんはかなり戸惑ったという。

だが、盛り上がっていた空気は一変。彼女が予想もしなかった事態が勃発する。

ふとなにやら、もったりした気配を感じた奥仲さんが振り返ってみると、ひとりの女が廊下を、こちらへ向かってのろのろ歩いてくるではないか。なんとも唐突なうえに、その姿が異様だったという。

「当時の流行《はや》りだったのかな。ホルターネックの肩出しトップスに、スリット入りのミニスカートで。それだけ聞くといわゆるイケイケで、ばっちり決めているように思うかもしれないけど。実際には、まるで寝起きみたいに髪が乱れ放題に乱れていて。全体的に、よれよれなのね」

「あの、その女のひとって、部屋のなかから現れた、ってことですか？　なんの脈絡もなく、いきなり？」

「うん。ほんとになんにも言わずに、いきなり。いや、いきなり、というとスピーディな印象があるかもしれないけど。あくまでもこちらの感じ方として。登場の仕方こそ唐突だけど、本人の動きはなんだか、のたのた、よろよろ。足元が覚束《おぼつか》ない感じ」

「酔っぱらっている、みたいな？」

「というか、ちょうどホラー映画のゾンビみたいな。髪がバクハツして化粧の乱れた表情なんかも含めて。なんとも異様というか、不気味な風体だった」

枝久保氏はというと口をあんぐり。その髪バクハツ女と奥仲さんを見比べながら、あわあわ、なにか言おうと必死で足掻《あが》くものの、いっこうに声が出てこないご様子。

「ギャグ漫画のキャラクター並みに慌てふためいていた。けれど彼にとって、その女のひとって不審者なんかじゃなくて、知り合いなんだよね。明らかに」

「もしも見ず知らずの不法侵入者とかだったら、おまえ何者だ、と誰何《すいか》したり。警察を呼ぶぞ、と騒いだり。もっと剣呑《けんのん》な流れになるはずですもんね」

「まさしくそういうこと」

「でも、仮にそのひとが枝久保氏の知り合いなのだとしても、どうやって部屋へ上がり込んだのか。そもそも彼女、なにをしにきていたのか」

「仮に彼女がこっそり忍び込んでいたのだとしても、枝久保から合鍵を借りていたとか、そういう雰囲気ではなさそうだった。つまり彼の、その驚き方から推して」

「ふーん」

「で、あたし。つい訊いてしまったの、その女に。いま思うと我ながら、ちょっと間抜けな感じで」

「え。なんて」

「どちらさま？　って」

するとその女は、（あ。気にしないで）と首と手を同時にぶんぶん横に振ってみせ、大きなゲップを洩らしたのだという。

（名乗るほどの者じゃございません。ただの秘書ですから）

（は？）

呆気《あっけ》にとられる奥仲さんを押し退けるようにして、その女は沓脱ぎに裸足《はだし》で降りた。その行動でようやく、自称秘書の女のものと思われる靴がそこに見当たらないことに、奥仲さんは気づく。なに、このひと？　まさか裸足でここへやってきて、そのまま室内に上がってたの？

（おっと。すみませんが、シャチョー）

女は付け睫《まつげ》が外れかけた顔を顎から枝久保氏のほうへ突き出したという。（あたし、もう帰らせてもらいますんで）

止めようとする枝久保氏を振り払うようにして、自称秘書女が玄関ドアのハンドルレバーに手を伸ばした、そのとき。

ドアチャイムが鳴った。マンションの共同玄関からのインタホンではなく。

「あたしたち三人が雁首揃《がんくびそろ》えて突っ立っていた、沓脱ぎのすぐ眼の前の玄関ドア。その向こう側に、誰かが来た」

「どうやってオートロックの共同玄関から、建物のなかへ入れたんだろ？」

「たまたまそのとき帰宅した他の住人のあとにくっついてきたのかなと、そのときは思った。けれど実は鍵を持っていたのよ」

「え。鍵を？　なんで」

「それは、ね」

自称秘書女は、止めようとする枝久保氏にかまわず玄関ドアを開けた。するとそこに立っていたのはスウェットの上下という、ちょいとひとっ走りジョギングしてきました、みたいないでたちの女。

そのスウェット彼女、眼をまん丸く見開くと、自称秘書女と奥仲さんを順番に睨みつけてきた。

そして（なによこれはッ）と叫んだのだという。枝久保氏は枝久保氏で相変わらず。あわあわ狼狽しっぱなしだったが、ようやく声を絞り出した。

（きょ、キョーコ、おまえ、なんで、な、なんでここに）

（はあ？　なにを寝言を。なんでもクソもないでしょ。あんたがここへ来い、って言うから、あたしはこうして）

（い、いや、だって、おまえ。お、おまえ、来られない、って。そう言うから）

（ちょ。待ちなさいよッ）

枝久保氏を遮ったキョーコ嬢、外へ出てゆこうとした自称秘書女の腕を、むんずと摑んだ。

（あんた、誰ッ）

（おたくこそ、どなたですかあ）

自称秘書女も負けじと歯茎を剝き出しに、威嚇し返す。（あーはい。あーね、はいはいはい。名乗ってもらわなくてけっこう。あなたがこのクズ男の別居中の奥さま、キョーコさんでいらっしゃいますのね）

「枝久保氏の妻だったんですか。そのスウェットの上下の女のひと」

「恥ずかしながらあたしは、そこで初めて彼が既婚者だと知ったってわけ」

「そっか。奥さんならこの部屋の鍵も持っていてもおかしくないから。オートロックも関係ない」

「ただ、別居中だというくだりはともかく。いま思い返してみると、離婚前提だったという点の真偽のほどは不明で、ちょっと引っかかる。というのも」

（もうすぐ離婚が成立されるそうで、おめでとうございます）

そう嘲笑する自称秘書女に向かって、妻のキョーコさん、烈火の如く怒り狂って反論したのだという。

（はあ？　離婚？　誰が？　あんた、脳が湧いてんじゃないの。そんな話、かけらも出ちゃいねえわッ）

「もしも離婚前提というのがほんとうだとしたら、その妻にこの部屋の鍵を渡しておいたりするものかどうか。たしかにその点は、ちょっと疑問かも、ですね」

「もはや確認しようもないけれど。ここであたしにとって重要だったのはそれまで、てっきり独り者だとばかり思い込んでいた枝久保が結婚していて、おまけに愛人までいた、という事実」

「妻はキョーコさん。で、愛人はその自称秘書の方、と」

「ほんとに彼の事務所に勤めていたかどうかはともかく。ゾンビ女は少なくとも、この部屋に自由に出入りできる程度には枝久保と親しい仲だった。それはたしか」

「つまり三角関係だったんだ。奥仲さんは、その修羅場に巻き込まれてしまって」

「三角っていうか、四角よね。一応」

「そうか。奥仲さんを含めると」

「とにかく愛人と妻との言い争いはどんどんエスカレートして。摑み合い、引っ掻き合いの大立ち回りになってしまった。仲裁に入ろうとした枝久保は、ふたりがかりで返り討ちに遭い。ぼっこぼこにされちゃってた。恐れをなしたあたしは隙を見て、辛くもここから逃げ出した、というわけ」

その後、三人がどういう結末を迎えたか。奥仲さんは、はっきりとは見届けていないという。

「妻帯者だったうえに愛人までいた。にもかかわらずそれをずっと隠して、あたしと付き合っていた。そのことについて彼は当然、納得のいく説明をしてくれるものと。うん。なんていうか、そう決めつけていたんだよね、あたしは。だって枝久保の立場としては、それが義務ってものでしょ。そうしないといけないじゃない」

「そのとおりですよ。あたりまえじゃないですか。ひととして」

「いま思い返してみて、しみじみ自己嫌悪にかられるんだけど。激しくショックを受けつつも、あたしって根っこのところでは彼のことを信じてた。だから、いずれ後日、お店のほうへやってくるだろうと。そしてすべてを説明したうえで、謝ってくれるだろうと。そう思い込んでいたんだから、おめでたいもんだよね、我ながら。けれど」

枝久保氏はそれ以降、二度と〈ハニーギャロップ〉へは現れなかったという。

「このマンションへ様子を見にこようかと何度も迷ったりもしたけれど。うっかりそんな真似をして、また奥さんや愛人と鉢合わせするのも嫌だったし」

そうこうしているうちに奥仲さんには、人生の一大転機が訪れる。たまたまロケハンかなにかで櫃洗へ来ていた某広告代理店の映像制作事業部の関係者がどういう気まぐれか、お店に立ち寄った際に「いま企画進行中の新作映画のオーディションを受けてみないか」と彼女に声をかけたのだ。

演技経験など皆無な奥仲さんだったが、枝久保氏のことも含めこれまでの人生を一旦リセットしよう、と一念発起してお店を辞め、上京。くだんのオーディションは企画自体が立ち消えになってしまったものの、結局これがきっかけとなって、俳優業の道を歩むことになる。

気がつけば、十年ほどの歳月が経過していた。その間、仕事も私生活も順風満帆とはいかず、なかなか波瀾《はらん》万丈だったらしい。

「俳優としての仕事は細々と一応は途切れないんだけど、大きくブレイクするわけでもなく。口を糊《のり》するために再現ドラマとかいろいろやって。専業ではほぼ喰えないのが常識のこの世界で、わりとよく保《も》ったほうかな。一度だけだけど、別名義でアダルトビデオに出演したこともあるし」

自分では平静を保っているつもりだったけれど。自覚する以上に内心の動揺が表情に出てしまっていたらしい。

「驚かせちゃった？　ていうより、ちゃんと知ってそう」

無言で頷いた。

「だよね。なんと奇特にも、こんなマイナーな女優のファンだ、って言ってくれているくらいだから」

自分でもちょっと理解できない類いの衝動にかられて、あたしは立ち上がる。テレビの横のキャビネットを開けた。そこから一本のＤＶＤを取り出す。

『秘密の桃色女子校生』というタイトル。主演の名前は『麻生スズカ』、ジャケットはセーラー服姿の女優の笑顔のアップだ。いま眼の前にいる彼女の。

「あ、あらら？　持ってるんだ？　これはびっくり」

ぷふっと彼女は噴き出した。「いやいや、これはまた懐かしいモノが。まさか、こんなところでお目にかかることになるとはね。きみが買ったの？　自分で？」

「兄が通販のオマケでもらったのを、要らないからって、くれて」

「で、観た？」

「何度も」

答えてからめちゃくちゃ恥ずかしくなったけれど、事実なのだから仕方がない。

「そのうえでの、あたしのファン？」

「そもそもは、これとの出逢《であ》いがきっかけだったんです」

「へえ」

「衝撃的でした。このひとこそがあたしの理想だ、って。麻生スズカさんを、もっと観たいと思って。他の出演作を必死で探したんだけど。少なくともAV作品はこれしか見当たらない。いろいろ調べてみたら『奥仲美咲』名義で女優活動している。おまけに地元出身で、同じ学校の卒業生だと判って、もうびっくりしちゃって」

「あ。きみ、囲櫃なんだ。それはそれは。また奇遇というか。こんな先輩でもうしわけない、というか」

「そこから奥仲美咲さんの過去の出演作をコンプリートしました」

「ここに揃えて？」

「そちらは全部、自宅のほうに」

「そっか。一般映画ならご家族に観られても平気だもんね。AV出演はその一本限りなんだけど。いまでもお色気担当の役どころが多いのって、なんとなくそれを引きずっちゃっているせいかな」

彼女の口調があまりにも恬淡《てんたん》としていたその落差のせいか、そこで唐突に下りた沈黙がひどく重く感じられる。

なにか話題をつながなくちゃ、と焦っていると、彼女はぽつりと呟《つぶや》いた。

「明日、朝いちで東京へ帰るの」

「え。撮影は明日が最終日なんじゃ?」

「もうあたしの出番は終わってるから。ひと足先に。でもその前に、今日は日曜日だし。ひょっとして枝久保は、いま自宅にいるのかな、なんて思ったら、無性に会っておきたくなっちゃって。ほんとに、ひとめだけでも、と。それでこうして、ここへ押しかけてきたわけだけど。もうとっくの昔に、どこか余所《よそ》へ行っちゃってたんだ、彼」

自嘲的に微笑む。「まあ、そりゃそうか。普通に考えたらね。あんな修羅場を経た後だもん。いつまでもここに居座るほうがどうかしている」

身を縮こまらせて両膝に頬杖《ほおづえ》をつき、そして両掌で顔面を覆う彼女。

すっかり氷が溶けて色褪《いろあ》せたコーラの残りのグラスが吹き飛んでしまいそうなくらい、大きな溜息が洩れた。

どれくらい時間が経っただろう。

背中を大きな卵みたいなかたちに丸めて固まっていた彼女は、ふと顔を上げた。殻を破って首を外へ突き出した雛鳥《ひなどり》のように瞳をぱちくり瞬き、こちらを凝視する。

「ごめんなさいね、ほんとに。いきなり押しかけてきて。勝手にいろいろ、喋り倒したりして」

「いいえ、全然」

「あの。もしも立ち入るようなことだったりしたら、あれなんだけど。きみって、その。男の子なんだよね？」

「あ。はい」

ずっと女の子のふりを押し通せるほどの自信があったわけではないけれど、改めて指摘されるとやっぱり、ちょっと凹《へこ》んだ気分になってしまう。

そんなこちらの胸中を察しでもしたのか、彼女はかぶりを振って。「ここへ来たとき、インタホンの声が男の子っぽかったから。他にも誰か部屋のなかにいるのかなと思ったりしてもいたんだけど。どうやら、きみひとりだけのようだし。それで、もしかしたら、と当たりをつけた。でなければ、きみのこと、ずっと女の子だと思い込んだままだったかもしれない」

普段なら、そんな口先ばかりのお世辞、言わないで欲しいと反発したかもしれない。けれどこのときは、なぜだか素直に感謝することができた。彼女なりの気遣いを。

「てっきり興起くんが来たんだと、かんちがいしたものだから。つい地声で」

「その興起くんて、女の子？　じゃないわよね」

「男子です」

「理解があるんだ」

「え？」

「だって、きみが男の子でこういうことをしていると知っていて、この部屋を使わせてくれているわけでしょ？　言葉は悪いけど、ひとによってはやっぱり、そういうことには偏見があって。気持ち悪いとかって言下に否定されたりするじゃない。でも、そんなこともなく、ありのままのきみを受け入れてくれているって、いいお友だちだなあと思って。ちょっと羨ましくなって」

反射的に頷いたあたしだったが、まてよ、と思った。そういえば。

そういえばあたしは、いや、ぼくは自分の女装趣味のことを未だに興起くんに、はっきりと打ち明けていない。少なくとも明確に言語化したことは一度もない。

にもかかわらず、これまで彼が薄々ながら察してくれている、みたいな思い込みをしていた。しかも、なんの根拠もなく。

その事実に改めて思い当たって、急に恐ろしくなった。よくよく考えてみれば、興起くんがぼくの本質を理解してくれている、という保証なんてどこにもない。

なのにぼくは余りにも無自覚、かつ無防備だった。これまでたまたま、女の子に変身して過ごす時間と興起くんがここへ立ち寄るタイミングとが重なったことが、一度もなかったからだ。ほんとうに、たまたま。

だからこそ、この夜も奥仲さんがやってきた際、こんな普段とはまるで異なる姿をしているにもかかわらず、居留守なんかも使わなかった。うっかりインタホンに応えてしまったのだ。が、しかし。

あれがもしも奥仲さんではなく、ほんとに興起くんだったとしたらいま頃……いま頃、いったいどうなっていたんだろう。どう考えても悲惨で忌まわしい想像しか湧いてこなくて、じわじわと怖いような、そして哀《かな》しいような気持ちになった。

「あ、あの、奥仲さん」

気を執りなおそうと、ことさらに明るい声を出した。「ご迷惑じゃなかったら、いっしょに写真を撮らせていただいても、いいですか？」

「もちろん」

あはは、とこちらの調子に合わせるかのように明るく笑う彼女。

「あたし今度、結婚するの」

と、また唐突に宣言。

「仕事で知り合った、フリーランスのひとにこの前、プロポーズされて」

「それはおめでとうございます」

「自分では迷いなんかない、つもりだったんだけど。たまたまこうして櫃洗へ来るついでがあったとき、枝久保の顔を見ておきたくなった。なんでかしら？　ひょっとして、もうあんたなんかに未練はないわ、とかって。捨て科白のひとつでも吐いておきたかったのかしら？　だとしたら自分で思うほど、いい精神状態じゃないね、あたし」

「そんな。いろいろ深く考えたりしなくてもいいじゃないですか。誰かに会いたくなったら素直に会いにゆけば、それで」

「どうするの、これから」

「は」

「今夜はきみ、自宅へ帰るの？　それとも、ずっとここで？」

「泊まってゆくつもりです。明日はここから直接、学校へ行こうと」

「そっか。明日はもう月曜日だ」

「ここのほうが、うちからよりも学校に近いので」

「ねえ」

「はい」

「あたしもここで、ひと晩、いっしょに泊まっていってもいい？」

翌朝。

ぼくはソファの上で目覚める。

独りだった。

彼女はどこにもいない。

ほんとうに昨夜、奥仲さんはここで、ぼくと一夜をともにしていったのか。それともあれは単なる夏の夜の夢だったのか。まったく定かではない。

記憶は、あやふやなまま。

けれど顔を洗いながら、なぜだか泣けて、泣けて仕方がなかった。拭っても拭っても、涙が後からあとから溢れてくる。

制服に着替えた。もちろん男子生徒用。その姿で学校へ向かう途上、頭のなかは霞《かすみ》がかかったような状態のまま。

脳裡に去来するのは彼女の笑顔。そして柔らかい唇の感触。

教室に入った後もぼくはしばらく、ぼんやりしたまま。興起くんが登校していないことにもまったく気がついていなかった。

昼休み、「箱崎ッ」と彼に声をかけられ、自分でも呆れるくらい、びっくりした。ようやく現実に引き戻されて。

「あ。おはよう」

もう朝ではないのに間延びした声音で返答するぼくに、興起くんは、ずいっと掌を差し出してきた。

「ごめん。返して」

「え?」

「いま持ってるだろ、マンションの鍵。出して。早く」

「って。あの」

「だから〈龍胆ハウス〉の鍵。なんだかあそこで、ちょいと、まずいことが起こっちゃったみたいでさ。箱崎の分も、返してもらわないといけなくなったんだ」

そんな……と喉の奥で呻くぼく。

「もうしわけない。残念だけど。ぼくたち、あの部屋をこれまでのように自由に使うことは、もうできないかも」

終わった……上の空で鍵を取り出したぼくは、それを興起くんの掌《てのひら》に落とす。終わってしまった。

「ほんとに、ごめん。詳しいことは、またいずれ。あ。テレビのニュースとかでもやるかも、だけど」

そんな興起くんの声も耳を素通り。心のなかで、がっくり膝が崩れ落ちる感覚。いずれはこういう日が来る。そう覚悟しておくべきだった。でもまさか、これほど早いとは。正直、予想外で。

少なくとも高等部を卒業するまでは、この自宅では不可能な秘密の独り遊びを続けられるものと、なんとなく思い込んでいた。なのに、もうできない、なんて。

〈龍胆ハウス〉でなにがあったのか知らないけど、なんとかならなかったの？　と興起くんに対する恨めしい気持ちが湧いてくる。もちろんそれは筋ちがいな八つ当たりだ。そもそも彼に分不相応な隠れ処を提供してもらっていたからこそ、こっそり始められた趣味だったわけで。

こうなったら、もう。

もう早く家を出たい。切実にそう願った。進学か卒業をして、どこかで独り暮らしを始めたい。再び奥仲美咲のようになるために。ぼくがあたしとしての自己確認に浸れる時間と空間を確保するために。

＊

「なるほど。それで箱崎さんは、成人してから〈ハニーギャロップ〉で働くことにしたわけですか。ミサキという源氏名で」

リモート画面のなかの〈市民サーヴィス課一般苦情係〉相談員の男は無表情のまま。淡々とした口ぶり。

なんだか本物の人間を相手に喋っている気がしない。パソコン画面を通しているためよけいにそう感じるのだろうが、まるでAIというか、CGキャラクターに話を聞いてもらっているかのようだ。これが例えば市役所の窓口など対面での相談だったとしたら、また印象が異なっていたのだろうか。

どんな事象にも感情移入しない、メカニックな緻密さに裏打ちされた口吻《こうふん》。丸っこいフレームのメガネが放つ独特の光沢がまた、どこかしら人間離れした質感を漂わせる。脂っけのない髪に、頬骨や顎の尖《とが》った鋭角的な風貌は、さながら幽霊画の掛け軸でも目の当たりにしているかのようだ。

オンライン相談ではなくとも、普段からこういう非現実的なムードを纏《まと》っている男なんだろうな、という気がした。ただそのわりには喋っているうちに、悪い意味でのお役所仕事的な杓子定《しゃくしじょう》規《ぎ》さや無味乾燥さが徐々に感じられなくなってくるのは不思議議だが。

「そうなんだ。ミサキちゃんが十五年前のその日、撮影のために櫃洗へ来ていた奥仲美咲に出逢えたのは、たまたま〈龍胆ハウス〉一〇一号室に独りでいたからだった。ほんとうに奇蹟のような僥倖というか、数奇な巡り合わせだったわけだ」

おれは一旦口を噤んだ。こんなふうに箱崎祥太郎のことを「ミサキちゃん」と呼び続けていたら、そのうち自分でも混乱しやしないだろうかと、ちょっと迷う。

いや、おれにとって彼は、じゃなくて彼女はもうミサキちゃん以外の何者でもないんだから。たとえ話が多少煩雑になろうとも、それで押し通すしかない。

それは別としても。これから説明しなければならない事柄があまりにも多く、早くも心が折れかけている。相談員は必要ならば時間の延長に応じてくれるとのことだが、はたしてこちらのほうが頭のなかを整理しきれているかどうか。なんとも心許ない。

「ミサキちゃんは叶うことならばもう一度、彼女に会いたかったんだな。将来、仕事か私用で奥仲美咲が再び櫃洗を訪れる機会があるかもしれない。その際に彼女が、かつて勤めていた〈ハニーギャロップ〉にミサキという源氏名で働いている男性従業員がいる、と。そんな噂が巡りめぐって奥仲美咲の耳に入るかもしれない。そしたら」

「そうと知った奥仲美咲が、その男性従業員とはかつて枝久保剛弘の住んでいたマンションで偶然に遭遇した箱崎祥太郎という少年と同一人物である、と即座に思い当たってくれるかどうかはともかく。ひょっとしたら自分と同じ名前であることに彼女は興味を抱き、そして店へ立ち寄ってくれるかもしれない、と。そう一縷《いちる》の望みを懸けられているわけですね」

「そういうことだ。なんとも健気《けなげ》というか、まだるっこいにもほどがある、というか。にしても、よくぞあんな老舗《しにせ》が女装男子を従業員として受け入れてくれたもんだよ。そっちのほうにも感心するが」

「たいへんおおらかな方ですから」

「ああ、ママさんね。たしかに。来る者は拒まず、去る者は追わずという。そのお蔭でおれもミサキちゃんに出逢えたわけだからな。感謝しないといけない」

「たいへんよけいなお世話かと存じますが、奥仲美咲さんが佐賀県唐津市在住であることまでは判っているのだから。詳しい番地を調べようと思えば、その手だてはなくもないのでは」

「それな。ほんとにおれもそう思うよ。ミサキちゃん、それほど彼女に会いたいのなら、もっと自ら行動を起こせばいいのに。ってまあ、外野がそんな口を挟むのも野暮なだけなんだろうが」

大きな溜息をついた拍子に、そのまま額をコーヒーテーブルに打ちつけそうなほどうなだれた自分にちょっと驚き、慌てて上半身を起こした。「失礼」

ソファの上で身をよじるようにして背筋を伸ばし、姿勢を正した。「それよりも。奥仲美咲と関係していたという、枝久保剛弘って男についてなんだ。先ずあんたの意見を聞いてみたいのは」

コーヒーテーブル上のノートパソコンの位置を、さしたる必要もないのに修正しようとしている自分に気づく。再び、そっと嘆息。どうやら自覚する以上に動揺、そして緊張しているようだ。

従弟の樋渡興起を呼び出していっしょにこのリビングで飲み、それから一夜明けた、今日。二〇二二年、九月十一日。午後一時。

いまおれは、櫃洗市一般苦情係のオンライン相談に対応してもらっているところだ。事前に市のホームページからリモートの予約をしようとしたら、たまたま今日のこの時間しか空きがなかった。日曜日なのに、いいのかなと思ったのだが。

このコロナ禍の折、種々雑多な悩みをかかえる市民の数は確実に増えていて、サーヴィス課一般苦情係としては時間外労働もやむなし、ということらしい。おれもありがたく登録させていただき、送信されてきた招待用アドレスを指定時刻にクリック。

パソコン画面に現れた相談員の男の独特のオーラに当初はけっこう戸惑いつつおれは、おそらくこれまでの人生のなかでいちばん長く複雑で、そしてこれから先もずっと重荷となるであろう打ち明け話を始めた。とりあえずは奥仲美咲が、十五年前のさらに十年ほど前、いまからおよそ四半世紀ほども昔に体験したとされる、ちょっと奇妙なエピソードから検証に入った次第。

「奥仲美咲がミサキちゃんに語ったところによると。って、うーん。両方とも同じ名前で呼んで説明していたら、こんがらがっちゃうかな？」

「だいじょうぶです。奥仲美咲さんはフルネームで、箱崎祥太郎さんのほうはミサキちゃんで。区別していただければ」

「奥仲美咲が枝久保剛弘に、この部屋へ連れてこられたという夜。二〇〇七年よりも、さらに十年くらい前らしい。つまり一九九七年前後ってことか。正確な日にちは、いまとなっては不明だが。まあだいたいその辺り、ということにしておく」

枝久保は一九九七年当時、ここに独りで住んでいた。妻とは別居状態で、複数の女性たちとよろしくやっていたらしい。どの程度の頻度だったかはともかく、女性たちと逢瀬の際には、この部屋へ個別に連れ込むことも多々あったと想像される。

「奥仲美咲も、そんな女性たちのなかのひとりだった。だが彼女は、枝久保が自分以外の女性たちとも同時進行している、という実情を把握していなかった。お断りするまでもないだろうが、これはミサキちゃんが奥仲美咲から聞かされた話のさらに要約で。だいたいこんな流れだったんだろうな、と推察されるストーリーに過ぎない。確認されているわけではないので、憶測と想像であちこち補完して進めるしかない」

相談員は、軽く顎を引くような仕種。どうやら頷いたらしい。

「さて。問題の夜だ。奥仲美咲によると、枝久保はめずらしく閉店時刻間際に〈ハニーギャロップ〉へやってきた。しかも表面上は元気なふりをしているものの明らかに普段とはちがい、様子がおかしい。それでいて、いつものようにしっかり彼女をアフターに誘う。どうもちぐはぐで、ひょっとしたら自分との別れ話を切り出すつもりなのではないか、と奥仲美咲は疑ったほどだった」

「枝久保剛弘が店へ来る前に、なにかがあったのでしょうね。たとえどれほど平静を装っても隠し切れない。心ここに在らず、という態《てい》が否応《いやおう》なく露出してしまうほど深刻な出来事が、なにか」

相談員は、ことなげに続けた。「なにか深刻、かつ突発的な出来事が枝久保剛弘の身に起きていた」

おれは胸騒ぎにかられる。相談員の口調があまりにも機械的で、およそ逡巡《しゅんじゅん》というものとは無縁だったせいもある。

が、それ以上におれを戦慄させたのは、相談員がこれから披露するであろう推測の内容そのものではない。この男はもう全部、判っている。すでにこの話の先の、最後の最後まで、すべて見通したうえで語っているのだ、という確信だった。

「深刻な出来事って、それはどういう」

「自分独りでは解決できないことです。だからこそ枝久保は、閉店時刻ぎりぎりという微妙な時刻だったにもかかわらず、敢えて〈ハニーギャロップ〉へ行った」

「それは、奥仲美咲に救けを求めるために、だったんだな」

「そのとおり。だからこそ彼は、奥仲美咲にこう言ったのです。自分と運命をともにして欲しい、と」

「そう聞いた彼女が、かんちがいしてしまったのも無理はないが。それはプロポーズの言葉なんかではなかったわけだ」

「別に枝久保剛弘の名誉のために言い添えるわけではありませんが。互いの協力の下、眼の前の憂いを無事に除去できた暁には、晴れて奥仲美咲といっしょになろうという意味合いも、もしかしたら多少は含まれていたのかもしれませんが」

「意外に好意的な解釈をしてやるんだね、おたくも」

そんな疫病神のような見かけのわりに、と付け加えるのは自重しておく。

「ポイントは、どうして奥仲美咲が助っ人を頼まれることになったのか、その具体的な経緯です。枝久保は、手を貸してもらう相手として、なぜ特に奥仲美咲を選んだのか。そこにはどういう理由があったのか」

「彼女のことを、信頼できる人物だと見込んだからだろ。やっぱり」

「枝久保にとって信頼できる相手は奥仲美咲以外に、いなかったのでしょうか」

「それは、いただろうさ。それなりに」

「なぜ枝久保は、そちらには声をかけず、もしかしたらすでに店仕舞いをしているかもしれない〈ハニーギャロップ〉へ敢えて赴いてまで、わざわざ奥仲美咲に頼ろうとしたのでしょう」

「もちろん声をかけたのさ、一旦は。しかしそちらには断られ。って。いや、あのさ。相談員さん。おれが自分で説明してみせたって意味はないんだ。おたくがどんなふうに考えるのか、そこを聞きたいんだからさ」

「同じ判断材料を提示したうえで、はたしてわたしがご自分と同じ結論に至るか否か。それを見極めたい、というのが今回の長船さんのご相談の眼目である、と」

「そのとおり。おれは自分なりの結論に至っている。問題はそれが正しいかどうかじゃなくて、この件に関しては第三者も同じように考えるかどうか、なんだ。それを知りたい。だからわざわざこうしてオンライン相談を頼んだ。説明はおたくがしてくれ。最初から最後まで。おれは喋らない。あ。いや。ずっと黙っているという意味じゃなくて。適時口は挟ませてもらうだろうが。ともかく相談員さんの意見をじっくり拝聴したいんだ」

「承知いたしました。そもそも枝久保が奥仲美咲を〈龍胆ハウス〉一〇一号室へ連れてきた理由とは、なんだったのか。彼女になにを手伝わせようとしていたのか。それは、ふたりがマンションへ来てみて遭遇した事態の意味を考えてみれば明らかです」

「どれのことを言っているんだ。って、改めて訊くまでもないか」

「室内から、ふらふら自称秘書嬢なる女が現れた。奥仲美咲の見立て通り彼女が枝久保の愛人だとしても、そもそもそこでなにをしていたのか。髪や化粧が乱れ放題に乱れ、足元が覚束なかったことなどを考え併せると、おそらくなんらかの身体的危害を加えられたために気絶していたのでしょう。枝久保と奥仲美咲がやってくるまで、ずっと。寝室でなのか、それともリビングでなのか、具体的にどこの部屋でだったかはともかく」

おれは頷く。まるで事前にプログラムでもされているかの如く淀《よど》みのない相談員の流れるような口調に、内心舌を巻きながら。

「自称秘書嬢は枝久保に誘われ、一夜をともにするつもりで、その部屋を訪れていたのでしょう。ところが、甘いひとときを過ごすはずの彼と彼女とのあいだで、なにか感情的ないきちがいが発生する。ふたりは激しい諍いになった。揉み合いになるかどうかして、枝久保は彼女の首を両手で絞めてしまった。あるいは頭部を殴打したのかもしれないが、ともかく自称秘書嬢を昏倒《こんとう》させてしまった。そう考えられます」

「そのとき彼女は、一時的に意識を失っただけだった。だが枝久保は、自分が自称秘書嬢を殺してしまった、と早合点したんだな」

「このままではまずい。傷害致死の罪に問われるのを潔しとしなかった枝久保は、彼女の遺体を部屋から運び出し、どこか余所へ遺棄してこようと決めた。が、人間の身体とはそう簡単に取り回しが利くものではない。自分独りではなかなか難しい。かといって、ことは傷害致死もしくは殺人の隠蔽であり、犯罪行為です。滅多な相手には協力を依頼できない。そこで彼が先ず白羽の矢を立てたのは別居中の妻、キョーコだった」

「その名前もどういう漢字を当てるのか不明のままだが。別居中とはいえ、もともと妻に依存体質の男だったのかもしれない。第三者からしたら甘ったれた話だが、枝久保としてはキョーコが自分を見捨てるはずがない、と見込んでいたんだろうな。なにしろ腐っても夫、その手が後ろに回るのを見るのは忍びない、と情に絆されてくれるだろうと。枝久保はそう期待して、妻に連絡をとった」

「その際、妻にどの程度、詳しい事情を打ち明けたのかは判りません。が、いずれにしろ急遽〈龍胆ハウス〉一〇一号室へ来て欲しいとの要請に対するキョーコの答えは、ノーだった。少なくとも最初は」

「へたに、かかわり合いになりたくなかったんだろうな。いくら、まだ離婚していない夫とはいえ」

「頼みの妻に断られ、すっかり当てが外れてしまった枝久保は、他に誰か、こういう微妙な問題にも冷静に対応してくれそうな人物はいないか、と考えた。そして思い当たったのが奥仲美咲だった」

「いまにも店がはねる時間帯だったが、とにもかくにも枝久保は〈ハニーギャロップ〉へ行ってみることにした」

「まだ店にいた奥仲美咲をつかまえることができたのをこれ幸い、〈龍胆ハウス〉へ連れてきた。しかしなにしろ室内には愛人の遺体が転がっている。自称秘書嬢が死んでいるものと枝久保は思い込んでいるわけですから。なかなか本題を切り出せない。そんな彼に痺れを切らした奥仲美咲がなかへ上がろうとしたところでようやく例の、運命をともにして欲しい、とのひとことを発する。枝久保の科白をプロポーズだと誤解する彼女の前に、ちょうど蘇生《そせい》して息を吹き返した、文字通りゾンビさながらの女がよたよた現れた」

ちなみに自称秘書嬢の靴が沓脱ぎに見当たらなかったのは、枝久保が遺体を部屋から運び出すことを前提として、彼女の所持品はすべて事前にかたづけておいたからだろう。奥仲美咲を連れてくる際に、冒頭からいきなり別の女ものの靴がそこに在ったりしたら彼女に不審がられ、協力の説得に手間どると用心したのでは、と考えられる。

「枝久保はさぞや仰天しただろうな。てっきり自分が殺したものとばかり思い込んでいた女が生きていたんだから。しかも、よりにもよって奥仲美咲を連れてきたタイミングで眼の前に現れたとくる。もうそれだけで一杯いっぱいだったろうに。そこへ、さらに追い討ちをかけるかのように、なんと、一旦は協力を断られたはずの妻までもがマンションへやってきた」

「キョーコが、どうして気を変えたのかは判らない。やはりそこは腐っても夫。見捨ててはおけない、と仏心を起こしたのか。あるいは、なにしろ夫婦という関係がまだ解消されていない以上、なにごとも一蓮托生《いちれんたくしょう》。うっかり傍観者を決め込もうとしたら自分にも火の粉が降りかかってくるかもしれないとの打算ゆえ、だったのかもしれませんが」

「期せずして妻と愛人とが鉢合わせ。奥仲美咲もカウントするなら、厳密には妻と愛人たちと複数で話さなきゃいけないだろうが、ともかく大騒ぎになってしまう。おれの従弟のコーギイが父親から聞いたところでは、奥仲美咲がほうほうの態で逃げ出した後も、キョーコと自称秘書嬢の興奮は収まらず。女同士の諍いというより、いつの間にか、ふたりがかりで枝久保を殴る蹴るの袋叩き状態に。とうとう騒ぎを聞きつけた他の部屋の住人が、警察に通報しちまったんだとか」

「最終的にどんなふうに騒動を落着させたか判りませんが。仮に自称秘書嬢が警察に、ことの発端をありのままに警察に申告したのだとしたら、つまり自分が雇用主兼愛人の男になにをされたのかを正直に訴えたのだとしたら枝久保は傷害容疑、もしくは殺人未遂容疑で一旦逮捕されたかもしれない。示談かなにか、話し合いに持ち込んで被害届は取り下げてもらったものと思われますが。枝久保は、このことだけが原因ではなかったかもしれないが、ともかく地元には居づらくなってしまったのではないか。結局マンションを引き払うだけでは済まず、櫃洗から出てゆかざるを得なかった」

「その結果、奥仲美咲は自分が彼にどういうふうに利用されようとしていたのか、最後まで実情を知らぬまま終わったというわけだ。幸せだよな、ある意味」

「なにごとも知らぬが仏、と言いますし」

「まさしく、な。まさしくおれも、できることならば一生、知りたくなかったよ」

自分でも驚くほど苦いものが声音に混ざった。「知りたくなかった。こんなこと……ほんとなら、なにも知らずに済んでいたはずなんだ。なのに。ミサキちゃんからこの十五年前の話を聞いたときも、そこからまさか、さらにとんでもない事実が飛び出してくるなんて、夢にも思わなかった」

急に話が飛び、聞いている相手を試すようなものいいになる。我ながら思わせぶりで鼻持ちならないくらいだが、こんなふうに持って回ったようにしか話を進められないのはやはり、怖いからだろう。

そう。おれは怖いのだ。自分の考えが当たっていることを確認するのが怖い。

「おれが一生、知りたくなかった事実。それがなんなのか、おたくに判るだろうか」

「大雑把な推測でよろしければ」

「言ってみてくれ」

「ミサキちゃんこと箱崎祥太郎が、預かっていた〈龍胆ハウス〉一〇一号室の鍵を、樋渡興起に返却したとされるその正確な日にち、ですか」

いきなり頭をぶん殴られても、これほどの衝撃はなかっただろう。やっぱ、やべえわ、こいつ。相当頭の切れるやつだという確信はあったが、予想以上にやばい。おれとしては無言で頷き、先を促してみせるのがせいいっぱいだ。

「それは、奥仲美咲の出演予定映画『奏でるシミュラクラ』の櫃洗での撮影ロケ最終日とされる日と、まったく同じ。すなわち二〇〇七年、九月十日の月曜日だった。ミサキちゃんこと箱崎祥太郎からその事実を告げられたとき、あなたはさぞやショックを受けられたことでしょう」

「いや、それは買い被りだ。すぐには判らなかったよ。すぐには、な。だけどどうも、なんだか変な胸騒ぎがして。落ち着かなくなって。ふと、あることに気がついた。でも、まさか、と思った。思ったけど、もしや、と調べてみたら……」

おれは自分の古いガラケーを手に取り、パソコン画面に向かって掲げてみせた。

「幸か不幸か、おれはいまでも、こいつを保管していたものだから。むろんケータイとしてはもう使えないんだが、なんとなく廃棄できないまま、目覚ましアラームとして枕元に置いている。だから、すぐに昔のメールの履歴を調べられたんだ。そしたら、悪い予感が当たっちまった」

「樋渡佐代子とのやりとりが残っていたんですね。九月十日、月曜日の朝の」

「ああ。しっかりと。佐代子叔母さんからの最初の電話。そして、あたしにすぐ電話ちょうだいの要請メール。続けて、さっきのメールは忘れてちょうだいの取り消しメール。それを全部」

「その日の樋渡佐代子とのやりとりを、その内容から日時まで、すべて再確認することができた」

「ミサキちゃんがこの部屋の鍵をコーギイに返さなくてはならなくなった日。それが、小深田玄斗が平賀いづみを手にかけて自殺したのと同じ日だった、というところまでは判るよ。当然だ。事件が起こったからこそ、中学生だったミサキちゃんたちは、もうここを自由に使うことはできなくなったんだから。しかし、それが……」

ガラケーを持っている手を、そっと降ろした。いや、自分では、そっとのつもり、だったのだが。

「それが、だよ。それが、コーギイがコンビニ前でヤンキー娘のカツアゲ未遂に遭ったのとも同じ日？　って、そんなばかな。なんでそうなるんだ」

ガラケーを静かに置くつもりが、コーヒーテーブルの上に取り落とすみたいな恰好になる。その音が、ひどく耳障りだった。

「ミサキちゃんがこの部屋で奥仲美咲と出逢ったエピソードを聞いているとき、おれはずっと思っていた。それは同じ二〇〇七年九月でも、いわゆる無理心中事件よりはずっと前の話だろ、と。そうなんだ。それ以前の話だとばかり思い込んでいたんだ。ミサキちゃんがこの部屋の鍵をコーギイに返却したのがそのすぐ翌日のことだった……と知るまでは。そしてその翌日とは、同じ日……コーギイがカツアゲ未遂に遭ったのと同じ日だった、と知るまでは」

喋っているうちに自分でも混乱したのだろうか。おれは「なぜだ」と意味不明の疑問符を発していた。「なぜなんだ。なぜ同じ日だった。なぜ同じ日でなけりゃいけなかったんだ。って、いや。な、なにを言っているんだろうなおれは」

無意識に眼尻を拭って、ようやく涙ぐんでいる己れに気づく。

「奥仲美咲の櫃洗での撮影ロケの最終日と、カツアゲ未遂に遭ったコーギイが自称峰不二子をこの部屋へ連れてきたのとは同じ日。二〇〇七年、九月十日の月曜日だった。もしもこれがまちがいないとしたら、その事実が意味するところは、たったひとつ……たったひとつしかない」

あんたが説明してくれ、と頼んだくせに、結局だらだら自分で喋っちまってるな。そんな自嘲的な笑いの衝動が込み上げてくる。

「昨夜コーギイを呼び出して、ここでいっしょに飲んだ。おれはその際、この部屋のことで話がある、という前振りをしたんだ。すると、あいつの反応は、こうだった……十五年前のあの事件で死んだふたりの幽霊でも出るようになったの？　って」

ガラケーの蓋を開けては閉め、閉めては開ける。そんな無意味な動作をくり返す。

「それを聞いて、おれは背筋が凍りついた。なんとも形容し難い、荒涼とした気持ちになったんだ。だってコーギイのあの、無邪気というのかなんなのか、他意なぞかけらもなさそうな呑気な口ぶりと表情を見る限り、あいつはなんにも知らないんだ……と。そう悟ったから」

かぶりを振った拍子にガラケーが床に落ちたが、拾う気にもなれない。「いや。それとも、知らないというんじゃなくて、単に忘れているだけ、なのか？」

「その両方かもしれませんね」

「両方……」

「部分的に記憶が抑圧されている。そのせいで、理性的な思考さえできれば、普通に思い当たって然るべき事実から無意識に眼を逸《そ》らし続けている。全体として自分はまったく与《あずか》り知らぬ事柄として、頭のなかで処理されているのです。この十五年間ずっと、そんな自己欺瞞《ぎまん》が働いているる」

「どうやらおたくは、ほんとになにもかもお見通しのようだ。おれが自分ではとても口にできそうにない真実もすべて、言語化してもらえそうで頼もしい限りだよ」

「ご自分の口から語りたくないこととは、すなわち聞きたくもないことと同義なのでは。それをわたしがわざわざお話しして、だいじょうぶなのでしょうか」

「できれば、気づかなかったふりをしておきたかったよ。だけど、それが無理な相談である以上、現実は直視しないとな。が、せめて簡潔にお願いする。なるべく」

「では二〇〇七年、九月十日の月曜日の朝から起こったことを時系列に沿って、おさらいしてゆきましょうか」

「ああ。頼む」

「月曜日の朝、自宅を出た樋渡興起は登校せず、コンビニに寄り、雑誌の立ち読みをしていた。店を出たところで、駐車場で喫煙していた某公立校女子生徒用の制服姿の女に因縁をつけられる。あわや恐喝に屈しかけていたところを、自称峰不二子なる別の女に救い出された。樋渡興起は後に、この制服女子と峰不二子が共謀していたのではないかと疑ったが、そうではなかった。制服女子はほんとうに単独で恐喝に及んだだけで、峰不二子は峰不二子で、また別の思惑をもって樋渡興起に近づいたのです」

「コーギイがコンビニの前で彼女、つまり自称峰不二子のほうだが、その女に遭遇したのは単なる偶然ではなかったんだな」

「彼女は朝、樋渡興起が自宅を出るところから、ひそかに尾行していた。彼がその日、学校をサボることまでは予測していなかったでしょう。自称峰不二子はとりあえず、彼の通学路を確認し、普段の行動範囲を把握しておこうとしていた」

「それはなんのためにか、というと」

「いつか本格的に樋渡興起に接触する機会を窺うため、です」

「その日コーギイが普通に登校していれば、彼女もなにも行動は起こさなかっただろう。だがあいつは学校をサボッたうえ、カツアゲに遭いそうになった。これぞチャンスと見てとった自称峰不二子は、意図的に補導員のふりをして、ヤンキー娘の手から救い出すことでまんまとコーギイをたぶらかし、この部屋へ乗り込んできた、ってわけだ」

「密室内で樋渡興起とふたりきりになった彼女は、そこからどうするつもりだったのか。相手はまだ中学三年生の男子です。彼がまるで自分を襲ったかのような状況をでっち上げることは、おとなの女にとってはいともたやすい。わたしはあなたの息子に淫らな行為をされたと樋渡佐代子に言い上げ、脅迫するための材料を手に入れる。それこそが自称峰不二子こと、平賀いづみの目的だった」

ようやく、というか案の定、彼女のその名前が出てきた……平賀いづみ。

心のどこかで、そうでなければいいが、と祈るような気持ちが少し残っていたのか。がっくり改めて落胆すると同時に、白黒つけられてある意味せいせいしたというか、肩の荷が降りて少し安堵《あんど》もしたかのような、なんとも複雑な心地を味わう。

「樋渡佐代子との愛欲に溺れている小深田玄斗の目を覚まさせ、なんとか彼女から引き離したい。そう画策していた平賀いづみは、小深田本人をどうこうするよりも、佐代子のほうの弱みを握って揺さぶりをかけたほうがうまくいく。そう思いついた。そこで眼をつけたのが彼女の息子、樋渡興起だったというわけです」

「あたかも自分が性的暴行を受けたかのような偽装をするため、ふたりきりになった彼女はコーギイを誘惑する。平賀いづみは、うまく演出できる自信があったのかもしれない。が、コーギイのやつは歯止めが利かなかったんだ。それが性的行為未遂に留《とど》まっていればまだよかったが、煽られ、焦《じ》らされているうちに昂《たかぶ》りを抑えられなくなってしまったあいつは、彼女のことを……」

「その点についてですが、ふた通りの解釈ができます。ひとつは樋渡興起は、ほんとうに勢い余って平賀いづみを死なせてしまった。彼は慌てて携帯電話で母親の佐代子に救けを求める。駈《か》けつけてきた彼女は、平賀いづみが息絶えていることを見てとったが、興奮して錯乱状態の息子を落ち着かせるために、彼女はちゃんと生きているからだいじょうぶだと、そう言い聞かせた。敢えて平賀いづみの手首を息子に摑ませて」

「ちゃんと脈がある、彼女は生きていると。コーギイが、そうかんちがいしたのは、そうであって欲しいと募っていた願望が抱かせた錯覚だったんだな」

相談員は頷いた。そしてすぐに、そっと首を横に振ってもみせた。

「もしくは、その時点で平賀いづみは、ほんとうにまだ生きていた。それが、さきほど言った、ふたつ目の解釈ですが。それに関する詳細は後回しにしましょう」

無意識に身震いするおれ。あくまでも恬淡とビジネスライクな表情と口調を崩さない相談員に改めて圧倒される。

「息子を安心させ、学校へ行かせた樋渡佐代子でしたが。その前に彼女はひとつ、やっておかなければならないことがあった。息子が持っている一〇一号室の鍵を、置いてゆくよう彼に命じたのです」

「それは……それは本来はコーギイの分のその鍵を、小深田玄斗に持たせるために」

「そのとおり。つまり樋渡佐代子が、不倫相手である小深田玄斗と普段密会していた『いつものところ』とは、実は〈龍胆ハウス〉一〇一号室ではなかった」

「多分、普通にラヴホとか使っていたんだろうな。従って、夫の分の鍵をこっそり愛人に預けていた、というのは嘘だった」

「樋渡佐代子は、具体的な場所はともかく、言うところの『いつものところ』へ向かい、彼と落ち合う。そこから小深田玄斗をマンションへ連れてきたのです。そのうえで、自殺を装って彼を殺す。そのためには小深田玄斗の所持品のなかに、一〇一号室の鍵は絶対に入っていなければならなかった」

「小深田がちゃんと鍵を持っていたことにしないと、叔母が現場に到着したときにはすでに惨劇が起こってしまった後だった、という状況を捏造《ねつぞう》できなくなるからな」

「そのために樋渡佐代子は息子の分の鍵が必要だった。が、興起が自分の分の鍵を所持していないという不自然な状態はなるべく早めに解消しておきたかった彼女は息子に、登校したらすぐに友人の箱崎祥太郎から鍵を回収しておくようにと命じたのです」

「小深田玄斗がその日の朝、叔母に密会を持ちかけるメールを送ったのはたまたま、だったんだよな。ほんとに、たまたま」

「はい。まことに不幸な偶然でした」

「月曜日で美容院は休みだったから、のんびり昼下がりの情事と洒落込むつもりだったのかもしれないが。叔母にそんなお誘いメールを送ってさえいなければ、小深田玄斗も死なずに済んでいただろうに」

「そのお誘いメールがあったからこそ、すべては無理心中事件として偽装されることとなる。小深田は平賀いづみを死なせたわけではなく、ただ利用されただけだった」

「叔母の手によって、な」

「平賀いづみを死なせてしまった息子からのSOS電話か、それとも小深田からのお誘いメールか。樋渡佐代子の受けた連絡は、どちらが先だったかは微妙です。が、この順番に関してはどちらがどちらであっても彼女の供述に矛盾が発生する恐れはありません。興起からの電話の内容がなんであったかは、彼と口裏さえ合わせておけば、後でなんとでも言い抜けができるからです」

「叔母の供述に矛盾が生じるリスクがあるとすればそれは、おれのガラケーへ送信したメールの順番のほうだ」

「そのとおり」

「ちなみに叔母がその朝、おれに架けてきた分の電話についてだが、これは事件とは無関係なんだよな。このときの叔母は純粋に、おれの親父《おやじ》のことで問い合わせるつもりだったから、そのために留守録にメッセージを残していた。単にそれだけの話で」

「それはそのとおりなのですが。ただ、その朝、自分が長船さんに電話を架けていたという状況があったからこそ樋渡佐代子は、一連の偽装工作を思いついた、という側面はやはりあったと思います」

「コーギイを安心させて学校へ行かせた叔母は、平賀いづみの遺体を処分することを考えた。部屋から運び出して、どこかへ遺棄してくる。そのためには、叔母独りでは無理だから、どうしても助っ人が要る。そこでとっさに朝におれに架けた電話のことを憶い出し、すぐに連絡してくれ、とメールを寄越した。つまり叔母は、このおれに犯罪の片棒を担がせようとしていた、ってことだ。おれなら彼女の言うことをなんでも素直に聞く、と見込まれていたんだろう」

「そこへ偶然にも、小深田玄斗から密会の打診メールが樋渡佐代子の携帯電話に届いた。そこで甥に死体遺棄を手伝わせる案をあっさり放棄した彼女は、偽装工作の計画の内容を大幅に変更する」

「待った。ちょっと待った。そこ。そこなんだよ、矛盾が生じるのは。もしもあんたが言うとおりの段取りだったのだとしたら、叔母の携帯メールの送受信の履歴は、先ずおれへの電話要請メール。次に小深田からのお誘いメール。そしてさらに、おれへの電話要請取り消しメール。か、もしくは小深田への密会承諾メールか。このふたつはどちらが三番目で、どちらが四番目でも支障はない。だが、一番目はおれへの送信、そして二番目は小深田からの受信。この前半ふたつの順番は動かせない。そうだろ?」

「まさしくそのとおり」

「しかし、だ。仮に携帯メールの履歴の送信と受信時刻がこの順番だったとすると、叔母が警察に対して説明した供述とは明らかに矛盾が生じてしまう。叔母は小深田からの誘いに応じるかたちでこのマンションへやってきた、そしてそこで小深田と平賀いづみの遺体を見つけたと言っているんだから。この主張がもしも嘘じゃないのだとしたら、叔母の携帯電話のメールの送受信の履歴は、先ず小深田からのお誘いメールを受信。次に叔母から了解のメールを送信。そういう順番になっていたはず。そしておれへ送信したメールは、どう考えても三番目以降でなくてはおかしい」

「そのとおり。なので仮に警察が彼女の携帯メールの履歴の送信と受信の順番まで、きっちり確認したうえで矛盾はない、と判断したのだとしたら、そこにはなんらかの作為が施されていたのかも」

「サクイ？　っていうと携帯メールの送信や受信時刻の記録を細工するのか？　そんなこと、叔母にできたのか」

「いいえ、そんな必要はありません。もっと簡単なからくりです。息子をマンションから学校へ送り出すそのタイミングと前後して小深田玄斗から密会打診メールを受信した樋渡佐代子は、その時点ですでに、彼が平賀いづみを殺して自殺した、という現場を偽装する工作を思いつく。それだけのためならば、遺体を部屋から運び出すというもっとも重労働な作業を省略できるので、わざわざ助っ人を請うために長船さんに連絡する必要はない。しかし彼女は敢えてあなたにメールした。電話の要請と、そしてその取り消し。この二本の履歴を、わざと残したのです」

「な、なにを言っているんだ。そんな、めんどうな真似をどうして？　いったいなんの意味がある？　どういうメリットが？」

「当初は小深田玄斗の首吊り死体だけを処分すればいいとかんちがいしていたため、つい魔が差し、甥に隠蔽作業を協力してもらおうとした。しかし平賀いづみも死んでいるのを見つけて気力が萎え、そんな姑息な考えは捨てました、と。警察にこう供述をすれば、単にいきなりふたりの遺体を室内で発見したというよりも、もっともらしい。自分が考案した偽装工作のシナリオに、よりリアリティを付与できる。そんな期待をした」

「そんな複雑怪奇なプランを、その場で考えつき、実行したっていうのか？　いやいやいや。それは、いくらなんでも。ひねくれ過ぎじゃないのか、考え方が」

「こう考えたほうがむしろ、すっきり説明できることもあります。長船さん。樋渡佐代子が、もしもあなたに死体遺棄を手伝わせる目的で連絡しようとしたのだとしたら、電話をして欲しいと要請メールを打つというのは、ちょっと不自然だとは感じませんか」

「え？　え……と、それは」

「まどろこし過ぎるでしょう。ことは一刻を争う状況のはず。樋渡佐代子が本気であなたを現場に呼び寄せたかったのなら、なにはさて措いても先ず電話です。そうは思いませんか。しかし実際には彼女はメールで、あなたにコンタクトをとろうとした。なぜか。電話をしてくれとの要請をその後、すぐにキャンセルすることが最初から織り込み済みだったからです」

なにか反論しようとしたが、妙な無力感ばかりが先立って、「穿ち過ぎってやつじゃないか、それ。ばかばかしい」と毒づいてみせるのが、せいいっぱいだった。

「かもしれません。樋渡佐代子はそこまで深謀遠慮に則《のっと》って行動していたわけではなく、結局のところ、なるようになる、と開きなおっていただけかもしれない。その場合は、さきほどおっしゃったように、長船さんへのメール送信が、小深田からのメール受信よりも先になっていたのでしょう」

「え。えええッ？　ま、まて。待てよ。そんなばかな。だとしたら」

「そうです。だとしたら樋渡佐代子の供述には矛盾が生じる。だが警察は、この不可解な携帯履歴の順番の意味する重要性には気づかず、見逃してしまったのかもしれない」

「って、おい。警察が？　見逃した？　まさか。そんなこと、あり得るのかよ」

「あまり考えたくないことですが。警察は実際、この事件に関しては他にも重要な見落としをしてしまっている」

「なんだって？　なんだそれは」

「仮にこの事件が樋渡佐代子の証言通りの経緯で起こったのだとしましょう。だとすると一〇一号室へ先ずやってきたのは鍵を預かっていた小深田玄斗だった、と。ここまではいい。虚偽だとしても、かろうじて成立する許容範囲です。が、その後がいけない」

「許容範囲もなにも。平賀いづみがその後、乗り込んできた、っていうのも嘘なわけだから、同じことだろ」

「いいえ。こちらは虚偽として成立すらしていない。すぐに嘘だと判るし、判らないといけません」

「どういうことだ」

「小深田は鍵を持っているという設定です。だから部屋に入れてもおかしくない。しかし平賀いづみは、そうはいきません。彼女が合鍵などを持っている道理もない」

「小深田に入れてもらったんだろ、彼女は。インタホンで呼び出して」

「あり得ません」

「え」

「これから樋渡佐代子との密会をしようという小深田が、別の女性を室内へ招き入れるなんて、あり得ない」

「いや、それはさ。チャイムを鳴らされて、かんちがいしてしまったんだよ。あ。佐代子さんが来たぞと。なにしろ、ほら、ここのインタホンにはモニター機能が付いていない。訪問者の顔が見えない。だから女の声で呼び出されて、つい、うっかり」

「絶対にあり得ません。なぜなら小深田玄斗の立場になって、よく考えてみてください。彼が愛人を待っているその部屋。そこは赤の他人のマンションなんですよ。自分が独りでいるときに、いちいちインタホンに応えたりすると思いますか」

ぐうの音も出なかった。たしかに。言われてみればそのとおり。

「うっかり応じてその訪問者に、本来の住人ではない自分の姿を見咎められたりしたら、めんどうなことになるのは火を見るよりも明らかではありませんか。相手が平賀いづみだろうが他の誰だろうが関係ない。たとえ何回しつこくドアチャイムを鳴らされようとも小深田は無視を決め込んだはずです。絶対に。逢瀬の約束をしている樋渡佐代子なら鍵を持っているんだから。黙っていても勝手に入ってくる。そうでしょ」

「たしかにおかしい。小深田玄斗が平賀いづみを部屋のなかへ入れたはずはない。もしも彼が叔母の到着を室内で待っていた、というのがほんとうなら、な。しかし実際に平賀いづみが室内で殺された以上、そもそも彼女は小深田以外の人物に招き入れられたのだ、と考えなければならない」

「そのとおりです」

「おれがどうこう言う筋合いじゃないが、この点について警察は、なにも疑問を抱かなかったのかな」

「さきほど長船さんがおっしゃったように、小深田はモニター画像のないインタホンで呼び出されたせいで、うっかり相手が樋渡佐代子だとかんちがいして解錠してしまったのだろう、と。そんなふうに辻褄《つじつま》を合わせて解釈しているのかもしれません」

「たしかにおたくが指摘するとおり。平賀いづみが、小深田玄斗よりも後からこの〈龍胆ハウス〉へ来たはずはないんだ。小深田がここへ来たとき、彼女はもう死んでいた。このリビングの、まさにこのソファの上で。興起のやつに首を絞められて」

「さて、そこで。さきほど後回しにした、もうひとつの解釈について述べます」

「おい、まさか。平賀いづみはそのとき、まだ死んでいなかったと言うのか？　興起に首を絞められたものの、仮死状態に陥っていただけだった、とでも？」

「気になるのは、絞殺の凶器としてカーテンのタッセルが使われている点です。樋渡興起がアダルトビデオのＤＶＤを巡って平賀いづみと揉み合いになり、勢い余って彼女の首を素手で絞めてしまった、というのならばまだ判ります。素手で、ならね。しかし」

「わざわざタッセルまで持ち出してきて、というところが多少不自然に感じられる、と。そう言いたいのか」

「確証はありません。改めて言うまでもないでしょうが、樋渡佐代子の今回とった行動、そのすべては罪を犯してしまった息子を守るためだった。その目的に鑑みると、平賀いづみの命を奪ったのは、やはり樋渡興起だったと考えるのが妥当かもしれない。ただ佐代子は、もともと平賀いづみに対して少なからぬ害意を抱いていたのではないか。そんなふうにも考えられる」

「もちろん小深田玄斗という男を巡って、叔母と平賀いづみのあいだに、なんらかの確執があったとしてもおかしくはないが」

「もともと樋渡佐代子が害意を抱いていた相手は平賀いづみだけではなかったかもしれない。彼女は小深田玄斗との不倫関係を、詳しい事情はともかく、そろそろ清算すべく、適当な機会を窺っていたのではないか」

「だとしたら叔母は、興起が立ち去った後、まだ息のあった平賀いづみを……」

「自らの手で、とどめを刺した。そして、いつものところなる待ち合わせ場所で小深田と落ち合い、彼をこのマンションへ連れてきた樋渡佐代子はリビングの平賀いづみの遺体が眼に入らぬよう注意しながら、小深田を寝室へ招き入れる。あらかじめ準備しておいたであろう息子のゲーム機で彼の頭部を殴打。昏倒させておいてから、これまた事前に紐状に裂いて用意しておいたと思われるシーツを小深田の首に巻きつけ、自死を偽装した」

「それを全部……全部、独りでやったのか。あの叔母が」

「その後、ゲーム機はリビングのテレビのところへ戻し、平賀いづみにさわらせて彼女の指紋を残したり、等々。細かい偽装工作を念入りに仕上げたのでしょう」

「信じたくないが、仮にそれらがすべてほんとうのことだとして。おれが判らないのは叔母よりも、興起のほうだ。あいつは自分のなかで、この一件についてどんなふうに処理をして、この十五年間を生きてきたんだろう。だって……だって、考えてもみろ」

ふいに、なりふりかまわず泣き喚《わめ》きたい衝動が込み上げてくる。

「自称峰不二子という女とトラブルになり、救《たす》けを求めた母親に事態を一任して、あいつはここを立ち去った。小深田玄斗が平賀いづみを殺して自殺したとされる事件が発覚したのは、まさにその日だったんだぞ。同じ日だったんだ。しかも場所まで同じ。まさしくここ。このリビングで」

頭をかかえ、しばし息をととのえる。

「仮に興起が事件のことについて母親からはなにも聞かされず、ニュースで知ったんだとしよう。だとしてもあいつはそこで、自分が昼間にこのリビングで自称峰不二子にしでかしてしまった行為との関連性を考えてもみなかったのか？　小深田玄斗に殺されたとされる平賀いづみとは実は、補導員のふりをして自分に近づき、マンションへ乗り込んできたあの女と同一人物なのではないかと。そう疑いもしなかった、というのか？　ただの一瞬も？　そんなばかな。ちょっと考えれば。ほんとに、ほんのちょっとでも考えてみれば、自分がほんとうは、なにをやってしまったのか。そして母親が、そんな自分を庇《かば》うために如何に策を弄したのか。そんなことは、すべて一目瞭然だったはず。あいつは頭のいいやつなんだ。興起がこんな簡単なこと、一発で理解できなかったはずはない。絶対に。なのに、なぜ……いったいなぜ」

「主な原因は、おそらく羞恥心にあると考えられる」

「羞恥……」

「己れがあやまちを犯すきっかけとなってしまった引き金に対する羞恥心。それが樋渡興起の記憶を抑圧し、深層意識下に封印してしまった」

「引き金……ＤＶＤのことか」

ジャケットが『麻生スズカ』名義の奥仲美咲の笑顔のアップの『秘密の桃色女子校生』なるアダルトビデオ。箱崎祥太郎が女装する際、意識して似せようとしていたという彼女のその顔。そう。興起は、かんちがいをしていた。奥仲美咲という女性の心当たりの有無を、おれが尋ねた際に。

補導員のふりをして近づいてきた女こそが奥仲美咲ではないか、と興起は言った。それはなぜか。あの日、ここでその自称峰不二子が昏倒してしまうほど激しく揉み合うという精神的な極限状態下で、その顔が興起の眼に焼きついてしまっていたからだ。

しかしそれは自称峰不二子こと平賀いづみの顔ではなかった。この十五年間、興起の深層意識下に潜っていた、その顔とは。

悲劇のすべての引き金となったＤＶＤのジャケットの写真。それは『麻生スズカ』の顔のほうだったのだ。

あとがき

新型コロナ禍に世界が、そして日本社会が見舞われた結果、西澤保彦という、いち個人には如《い》何《か》なる影響がもたらされたのか。

多分、日常生活上に、さほど大きな変化が生じる事態にはなるまい。当初は、そう高を括《くく》っておりました。

もともと在宅で仕事をしているし、二〇一五年に妻が死去して以降は家族もいない独り暮らし。買物へ行く際の手洗い、消毒、マスクなど基本的な感染予防対策を講じてさえいれば、職場や家庭内感染のリスクが格段に低い分、平常運転を保てるだろう、と。

とはいえわたしも社会の一員である以上、まったくの無関係でいられる道理はありません。ただ、公平に言ってその影響は比較的、小さくて済むだろう、と。そんな、いささか楽観的な認識でいたのですが。しかし。

ほんとうにそうなんだろうか。

二〇二二年九月現在、オミクロン株による新規感染者の全数把握の見直しが全国一律で行われ、新型コロナ禍がなんとなく終息に向かいつつあるかのような雰囲気が醸成されるなか。改めてわたしはパンデミックと自身の関係について考えています。

小さいか、それとも大きいかだけの問題で言えば、たしかにわたし個人が受けた影響は微細なものです。少なくともこれまでのところ一度も感染していないし、旅行の趣味もなければ通院などの必要にも迫られなかったので、生活上で甚大な不便を強いられるような場面は特にありませんでした。

ただ周囲の方々はどうだったか。

わたしの身近な知り合いにも、新型コロナに感染した方が何人かいます。軽症で済んだ方もいますが、長期入院を余儀なくされた方もいる。

そして現在に至るまでなお深刻な後遺症に悩まされている方もいて、そのお話を伺う限り「人生を狂わされた」といっても決して過言ではない状況のようなのです。

その苦しみがわたしにとって決して他人《ひと》ごとでないのは、互いの個人的距離や関係性の度合いによって、それが将来、どういうかたちで当方の人生にも影を落とすことになるのか、まったく予測ができないからです。

ちょっと抽象的に過ぎる言い方になってしまって、もうしわけありません。

具体的な詳細をここで述べるわけにはいかないので、例え話をさせていただきます。例えば、あくまでも例えばですが、わたしが岡嶋二人さんのように合作方式で小説を執筆しているとします。

職業作家として、相方のA氏とずっといっしょに、共同作業で生み出した作品を順調に発表してきたわたしは、ある日、思いもよらぬ連絡を受ける。なんと、A氏が新型コロナに感染したと言うのです。

幸い軽症で入院の必要もない由。一定の隔離療養期間を終えた後はすべてが元通り、以前と同じ日常が戻ってくるものと、わたしは信じて疑っていませんでした。ところがそれから一週間、二週間経《た》っても、それどころか三ヶ月、四ヶ月経っても、いっこうにA氏は復帰の兆しを見せない。

一年近く経った頃、ようやくA氏とコンタクトがとれた。かと思ったら、その口から出たのは衝撃のひとこと。「新型コロナの後遺症ですっかりメンタルをやられてしまって、もはやいまの仕事を続けられる自信がない。もうしわけないが、これまでの合作ユニットは解散させて欲しい」

再度お断りしておきますが、これはあくまでも例え話です。が、新型コロナによる深刻な後遺症によってA氏というパートナーを失ったわたしは、単独でも続けられると思っていた小説執筆がうまくゆかず、ついにはクリエイターとしての活動を断念せざるを得なくなってしまう。

しつこいようでもうしわけありませんが、わたしは特定の作家さんと合作ユニットを組んだことはないし、A氏なる相方も実在しません。ただ現実にも、この例え話に近い出来事があったのだとご想像ください。

実際に後遺症に苦しんでおられるのはわたしではなく、その方です。が、仮にわたしが運よくこれから先も感染を免れられたとしても、その方の「狂わされた人生」というものが、他人であるわたしの人生に如何なる化学作用を及ぼすのか。単にお互いの関係性の持つ意味合いが変化した、という次元に留《とど》まっていられるのか。

それはこの先、最後まで生きてみないと判《わか》らない。いや、一生を終えてみても、ついに判らないことなのかもしれません。

ちょっと重くなってしまったので、軽めのお話をさせていただきます。

かようなパンデミックを人類が経験してしまった以上、如何なる領域、分野に於《お》いてもそれ相応のパラダイムシフトというものは避けられません。フィクションの世界でもそれは同様。新型コロナが世界に及ぼした影響を無視して、物語を描くわけにはいかない。もしわたしも自作の時代設定を二〇一九年以降にするならば、きちんとそれなりの対応をしないといけない、と覚悟しておりました。

ただし本作〈腕貫探偵シリーズ〉に関しては特にその必要はないだろうと、ある意味、安心していた。というのも主役の腕貫さんをはじめ作中に登場するレギュラーメンバーたちは誰も彼も歳をとらない、いわゆるサザエさん時空方式で、これまでシリーズを書き継いできたからです。

シリーズ第一作『腕貫探偵　市民サーヴィス課出張所事件簿』（実業之日本社、現実業之日本社文庫）が二〇〇五年に刊行されて以来、十七年もの長きにわたって、ずっと。

たとえ時代の推移に伴い、最初のうちは描写が遠慮がちだったケータイやパソコンの作中登場頻度が徐々に上がってゆき、そしてついにスマートフォンまでもがストーリー上の重要な役割を果たすようになってもメインのキャラクターたちには、歳月を経ることで起こる成長や変化はありません。

住吉ユリエや阿藤江梨子などお馴染《なじ》みの面々はみんな女子大生のまま。水谷川《みやかわ》刑事も、明確な年齢の記述はないものの、ずっと「三十前後の若手」という設定のままです。それでも基本的に一話読み切り形式なので、特に大きな差し支えは（少なくとも作者のなかでは）なかった。

なので今回も従来通り、永劫回帰《えいごうかいき》型のシリーズ設定で新作を執筆するつもりでいたのですが。

本書収録の第一話「異分子の彼女」に取りかかろうとした際、担当編集者さんからこんなご提案をいただきました。

「今回はひとつ、世相を反映して、腕貫さんもオンラインでリモート相談、という趣向はどうでしょう?」

正直、えっと驚きました。が、なるほど、と思わず膝を打ちもしました。

改めて考えてみると、この腕貫探偵という狂言回し的な謎解き役ほどリモートでの活動が相応《ふさわ》しいキャラクターも、ちょっと他に見当たらないのではないか。だって事件解明に当たってこのひとが実際に対面で出張らなければならない理由なんて、ひとつもないんですから(なべて名探偵とはそういうものだ、という議論もありかも、ですが)。

突き詰めると、もはや主役が人間なのもかたちばかりで実質的にはAI探偵、という事態にもなりかねませんが(もちろん本格ミステリとして、本物のAI探偵という趣向も、すでにどなたかが書いておられるだろうと拝察しますが)。

というわけで今回、本書に収録された三篇は、いずれも二〇二二年の設定で物語が進行します。この時点でコロナ禍は未だ終息していないため、市役所の職員である腕貫さんもなかなか対面での市民たちの相談には応じにくい。すべてリモート画面を通じての事件解決という形式で統一しました。

ただ自分でも、ちょっと予想外だった弊害がありました。こうしたいわゆるサザエさん時空方式から外れた書き方をすると、主役の腕貫さん以外の常連キャラクターたちを出演させづらくなったのです。

例えば時と場所を選ばず腕貫さんに懐く住吉ユリエ。彼女はずっと女子大生のまま、本シリーズに登場してきました。今回も当初、作者としては彼女に大いに活躍してもらう気満々だったのですが。いざ蓋を開けてみると第一話から第三話まで、ついに一度も顔を出すことなく終わってしまった。

なぜこうなってしまったのか、はっきりとした原因は不明ですが。ユリエって二〇二二年に女子大生なのはいいとして、具体的には何歳なんだ、と作者としてはちょっとイメージしづらかったのは事実です。ともかく、そんなわけで今回は彼女以下いつものレギュラーメンバーたちは登場せずじまい、となってしまっています。すみません。

次回作以降、再びサザエさん時空方式に戻るかどうかはまだ決めておりません。これまで基本的に時事風俗とは無縁の空間で動いてきたキャラクターたちの姿を、どうか二〇二二年以降も、少しでも楽しんでお読みいただけることを祈っております。

最後に、本シリーズにかような大改革をもたらしてくださった実業之日本社の担当編集者、高中佳代子氏に、この場を借りて深くお礼申し上げます。

二〇二二年　九月吉日　高知市にて

西澤保彦

初出

異分子の彼女	Webジェイ・ノベル	2022年3月29日配信
焼けたトタン屋根の上	Webジェイ・ノベル	2022年7月5日配信
そこは彼女が潜む部屋	書き下ろし	

[著者略歴]

西澤保彦（にしざわ・やすひこ）

1960年高知県生まれ。米エカード大学創作法専修卒業。95年に『解体諸因』でデビュー。本格ミステリとＳＦ的手法を融合させた作品で人気を博す。2023年5月、本書収録「異分子の彼女」で第76回日本推理作家協会賞〈短編部門〉を受賞。「腕貫探偵シリーズ」「森奈津子シリーズ」「匠千暁シリーズ」等の人気シリーズのほか、『七回死んだ男』『聯愁殺』『神のロジック 次は誰の番ですか？』『スリーピング事故物件』『パラレル・フィクショナル』など、多数の著書がある。

異《い》分《ぶん》子《し》の彼《かの》女《じょ》　腕《うで》貫《ぬき》探《たん》偵《てい》オンライン

2023年1月30日　初版第1刷発行
2023年6月10日　初版第2刷発行

著　者／西澤保彦

発行者／岩野裕一

発行所／株式会社実業之日本社

〒107-0062
東京都港区南青山6-6-22 emergence 2
電話（編集）03-6809-0473　（販売）03-6809-0495
https://www.j-n.co.jp/
小社のプライバシー・ポリシーは上記ホームページをご覧ください。

ＤＴＰ／ラッシュ

印刷所／大日本印刷株式会社

製本所／大日本印刷株式会社

ISBN978-4-408-53824-2（第二文芸）